「少《しょう》年《ねん》探《たん》偵《てい》団《だん》
対《たい》決《けつ》！ 怪《かい》人《じん》二《に》十《じゅう》面《めん》相《そう》」
はじまるよ♪

少《しょう》年《ねん》探《たん》偵《てい》団《だん》

対決《たいけつ》！ 怪人《かいじん》二十《にじゅう》面相《めんそう》

原作《げんさく》／江戸川乱歩《えどがわらんぽ》
文《ぶん》／芦辺《あしべ》 拓《たく》
絵《え》／ちーこ

Gakken

子《こ》どもたちと探《たん》偵《てい》が、怪《かい》人《じん》二《に》十《じゅう》面《めん》相《そう》にいどむ冒《ぼう》険《けん》ミステリー!!

「少年《しょうねん》探《たん》偵《てい》団《だん》」は、小林少年《こばやししょうねん》ひきいる探《たん》偵《てい》団《だん》と、名《めい》探《たん》偵《てい》の明《あけ》智《ち》小《こ》五《ご》郎《ろう》が、大《おお》どろぼうの怪《かい》人《じん》二《に》十《じゅう》面《めん》相《そう》をつかまえようとするお話《はなし》だよ。

おもな登場人物《とうじょうじんぶつ》

明智小五郎《あけちこごろう》
日本一《いち》の名探偵《めいたんてい》。あらゆる難事件《なんじけん》を、すみやかに推理《すいり》し、解決《かいけつ》する。

小林芳雄《こばやしよしお》
明智探偵《あけちたんてい》の助手《じょしゅ》で、少年探偵団《しょうねんたんていだん》の団長《だんちょう》。

怪人二十面相《かいじんにじゅうめんそう》

宝石《ほうせき》や美術品《びじゅつひん》をこのむ怪盗《かいとう》。変装《へんそう》がとくいで、いつもちがった顔《かお》、すがたをするため、その正体《しょうたい》を知《し》る者《もの》はいない。ただ、決《けっ》して人《ひと》を傷《きず》つけることはしない。

対決《たいけつ》！

「少年探偵団《しょうねんたんていだん》」

クラスメイト

いとこ同士《どうし》

桂正一《かつらしょういち》

壮二《そうじ》くんにさそわれて、少年探《しょうねんたん》偵団《ていだん》に入《はい》る。力《ちから》に自信《じしん》がある。

篠崎始《しのざきはじめ》

正一君《しょういちくん》のクラスメイト。5歳《さい》の妹《いもうと》がいる。

羽柴壮二《はしばそうじ》

裕福《ゆうふく》な羽柴家《はしばけ》の次男《じなん》。ある事件《じけん》で、二十面相《にじゅうめんそう》に誘拐《ゆうかい》される。

ねらわれた、羽柴家《はしばけ》の家宝《かほう》のダイヤモンド

六《むっ》つのダイヤモンド事件《じけん》

羽柴家《はしばけ》に、怪人二十面相《かいじんにじゅうめんそう》から予告状《よこくじょう》がとどく!?

怪人二十面相《かいじんにじゅうめんそう》から、羽柴家《はしばけ》に予《よ》告状《こくじょう》がとどく。そんな中《なか》、南《みなみ》の外国《がいこく》から10年《ねん》ぶりに、長男《ちょうなん》の羽《は》柴壮一《しばそういち》が帰《かえ》ってくるという知《し》らせが……。

予告状《よこくじょう》

ロシアのロマノフ王家《おうけ》の王冠《おうかん》につけられていた六このダイヤモンドを、ちょうだいすることにした。

二十面相《にじゅうめんそう》

羽柴家《はしばけ》の人《ひと》たち

二十面相《にじゅうめんそう》からダイヤを守《まも》るため、あることをしかけよう……。

壮二《そうじ》

次男《じなん》。壮一《そういち》とははじめて会《あ》う。

壮一《そういち》

羽柴家《はしばけ》の長男《ちょうなん》。南《みなみ》の島《しま》、ボルネオで仕事《しごと》をしていて、10年《ねん》ぶりに帰《かえ》ってきたが……。

羽柴夫妻《はしばふさい》

壮一《そういち》たちの父親《ちちおや》と母親《ははおや》。

早苗《さなえ》

壮二《そうじ》のお姉《ねえ》さん。

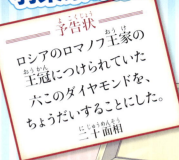

遊《あそ》ぶ子《こ》どもたち

▲今《いま》と変《か》わらず、いろんなものや場《ば》所《しょ》を遊《あそ》び場《ば》にして楽《たの》しんでいたよ。（1934年）

東《とう》京《きょう》都《と》内《ない》の町《まち》なみ

▲麻布《あざぶ》の通《とお》り。建物《たてもの》が低《ひく》く、道幅《みちはば》も広《ひろ》い。（1935年《ねん》）

ネットやスマートフォンはなかったよ。

写真提供（P10、P11上3点）：毎日新聞社

原作者《げんさくしゃ》ノート

「少《しょう》年《ねん》探《たん》偵《てい》団《だん》」を書《か》いた、江《え》戸《ど》川《がわ》乱《らん》歩《ぽ》

江《え》戸《ど》川《がわ》乱《らん》歩《ぽ》（1894〜1965）

お話《はなし》を書《か》いた江《え》戸《ど》川《がわ》乱《らん》歩《ぽ》は、大正《たいしょう》〜昭《しょう》和《わ》時《じ》代《だい》に活《かつ》やくした小説《しょうせつ》家《か》。三《み》重《え》県《けん》に生《う》まれ、早《わ》稲《せ》田《だ》大《だい》学《がく》を卒《そつ》業《ぎょう》後《ご》、さまざまな職業《しょくぎょう》につく。1923年《ねん》に「二《に》銭《せん》銅《どう》貨《か》」を発表《はっぴょう》し、その後《ご》、探《たん》偵《てい》小《しょう》説《せつ》を次《つぎ》つぎと発表《はっぴょう》する。作《さっ》家《か》名《めい》は、アメリカの小説《しょうせつ》家《か》、エドガー・アラン・ポーの名《な》をもとにしている。

1936年《ねん》、子《こ》ども向《む》け雑《ざっ》誌《し》に「怪《かい》人《じん》二《に》十《じゅう》面《めん》相《そう》」を連《れん》載《さい》すると、たちまち子《こ》どもたちの心《こころ》をつかんだ。小《こ》林《ばやし》少《しょう》年《ねん》たちが活《かつ》やくする「少《しょう》年《ねん》探《たん》偵《てい》団《だん》」シリーズは、20年《ねん》以《い》上《じょう》にわたって書《か》きつづけられた。さらにテレビドラマやマンガなどにもなり、今《いま》なお、さまざまな方《ほう》面《めん》に影《えい》響《きょう》をあたえつづけている。

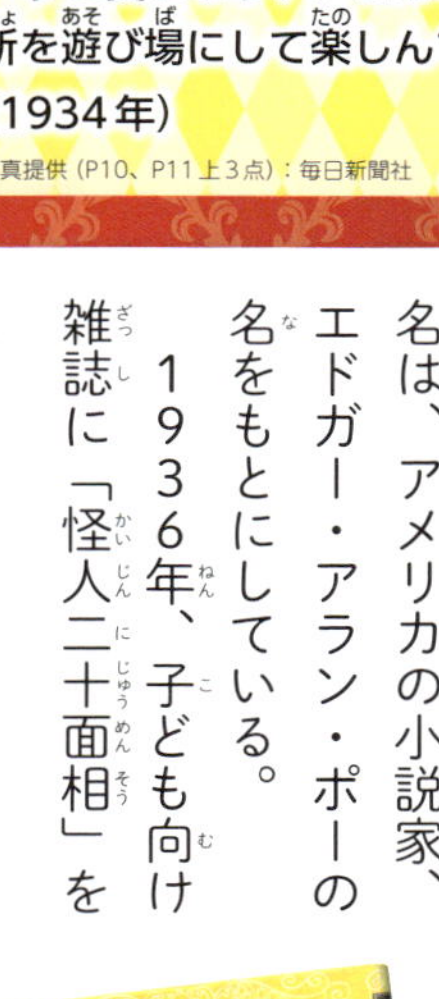
相面十二人怪
著歩亂川戸江

◀1936年《ねん》に出《だ》された「怪《かい》人《じん》二《に》十《じゅう》面《めん》相《そう》」の本《ほん》。

（写真提供：国立国会図書館）

もくじ

※この本《ほん》では、小学生《しょうがくせい》が楽《たの》しめるように、現代語表記《げんだいごひょうき》にし、一部《いちぶ》の表現《ひょうげん》や文章《ぶんしょう》をわかりやすく言《い》いかえたり、省《はぶ》いたりしています。
また、登場人物《とうじょうじんぶつ》の設定《せってい》や挿絵《さしえ》についても、親《した》しみやすく表現《ひょうげん》をしています。

「怪《かい》人《じん》二《に》十《じゅう》面《めん》相《そう》」六《むつ》つのダイヤモンド事《じ》件《けん》

1 人《ひと》か魔《ま》か

そのころ学校《がっこう》では、子《こ》どもたちが、こんなうわさ話《ばなし》に夢中《むちゅう》でした。

「『二十面相《にじゅうめんそう》』って知《し》ってるかい？　二十のちがう顔《かお》を持《も》つ盗賊《とうぞく》だっていうんだけど。」

「もちろんさ。どろぼうの天才《てんさい》で変装《へんそう》の名人《めいじん》。老人《ろうじん》でも若者《わかもの》でも、どんな職業《しょくぎょう》の人《ひと》にもなれるし、男《おとこ》にも女《おんな》にも化《ば》けられるんだって。」

「だれもほんとの顔《かお》を知《し》らないから、警察《けいさつ》も、つかまえようがないんだ。それどころか、自分《じぶん》の顔《かお》をわすれたって話《はなし》もあるよ。」

「すごいな。そうなると盗賊《とうぞく》というよりは、怪人《かいじん》だね。」

「そう、だからみんな『怪人《かいじん》二十面相《めんそう》』と、よぶんだよ。」

子《こ》どもだけでなく、大人《おとな》たちもすぐ二十面相《めんそう》の話《はなし》になるのでした。

「また二十面相《めんそう》があらわれたそうじゃありませんか。だれも正体《しょうたい》を知《し》らないから、どんな悪《わる》いこともできる。おそろしいですねえ。」

「ところが、二十面相《めんそう》は人《ひと》を殺《ころ》したり、きずつけたりはしないんだ。ぬすみに入《はい》るのも、お金持《かねも》ちの家《いえ》や宝石店《ほうせきてん》、美術館《びじゅつかん》ばかり。お金《かね》よりも美《うつく》しい物《もの》、めずらしい物《もの》が大《だい》すきなんだとさ。」

「ふうん、でもやっぱり、どろぼうはどろぼうだ。いつそんなやつが、おしいってくるかと思《おも》うと、こわくて夜《よる》もねむれませんね。」

「だいじょうぶだよ。二十面相《めんそう》は、かならず予告《よこく》の手紙《てがみ》をよこすんだ。何月何日《なんがつなんにち》に、どういうお宝《たから》をちょうだいに行《い》きますという内《ない》容《よう》のね。どんなに用心《ようじん》をしても、むだだといいたいのだろうね。」

「ふうん、すごい自信《じしん》の持《も》ち主《ぬし》なんですね、二十面相《めんそう》は。」

「そうさ。今《いま》も、どこかで何《なに》かを、ぬすもうとしているのかもしれないぜ、あの人間《にんげん》とも、魔物《まもの》とも、つかないやつは……。」

——そのとおりでした。怪人《かいじん》二十面相《めんそう》は、今《いま》まさに、東京《とうきょう》のある家《いえ》の宝物《たからもの》を、＊１こしたんたんと、ねらっていました。そしてそこには、これを読《よ》んでいるみなさんと、同《おな》じような子《こ》どもがいたのでした。

その子《こ》は羽柴壮二《はしばそうじ》くんといい、小学生《しょうがくせい》です。そして、このお話《はなし》は壮二《そうじ》くん一家《いっか》の再会《さいかい》から、始《はじ》まるのです。

「壮一《そういち》、りっぱになったなあ。おまえが外国《がいこく》で仕事《しごと》をしたいといい

＊１こしたんたん…じっと機会《きかい》をねらっているようす。＊２ボルネオ島《とう》…東南《とうなん》アジアにある島《しま》。雨《あめ》が多《おお》く、高温《こうおん》で湿度《しつど》が高《たか》い気候《きこう》は、ゴム作《づく》りに適《てき》している。

だして家出《いえで》したのは、もう十年《ねん》も前《まえ》だ。それが、いきなり手紙《てがみ》をよこして、帰《かえ》ってくるというから、おどろいたよ。」

と、空港《くうこう》からの自動車《じどうしゃ》でいったのは、お父《とう》さんの羽柴壮太郎《はしばそうたろう》氏《し》です。

「ご心配《しんぱい》かけて、すみません。[*2]ボルネオ島《とう》にたてたゴム工場《こうじょう》も、うまくいきまして、やっと、ほうこくできるようになりました。」

(この人《ひと》が、ぼくのお兄《にい》さん、羽柴壮一《はしばそういち》か……。)

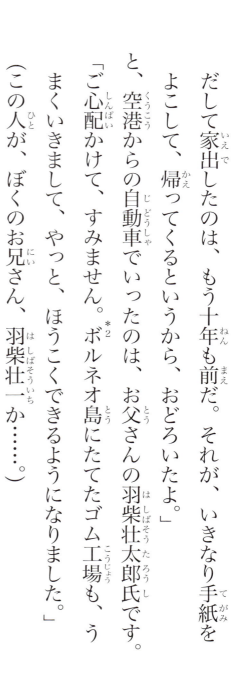

壮二《そうじ》くんはうれしさでいっぱいでした。りっぱな洋服《ようふく》を着《き》て顔《かお》だちは美《うつく》しく、こんな大人《おとな》になりたいと思《おも》うような、さっそうとした紳士《しんし》。南洋《なんよう》からの手紙《てがみ》に入《はい》っていた写真《しゃしん》そのままのすがたでした。

一方《いっぽう》、壮太郎氏《そうたろうし》のよろこびは、*1ひとしおです。何《なに》しろ、行方不明《ゆくえふめい》のむすこが、こんなに成功《せいこう》して帰《かえ》ってきたのですから。

でも、壮二《そうじ》くんは、お父《とう》さんが、なやんでいるのを知《し》っていました。というのも、羽柴家《はしばけ》には、こんな手紙《てがみ》がとどいていたのです。

*2余《よ》がどんな人物《じんぶつ》かは、*3貴下《きか》もごぞんじだろう。

そして余《よ》は、貴下《きか》が、ロシアのロマノフ王家《おうけ》の王冠《おうかん》につけられていた六このダイヤモンドを、家宝《かほう》としていることを知《し》っている。

余《よ》は、これら全部《ぜんぶ》をちょうだいすることにした。
せいぜいご用心《ようじん》されよ。

二十面相《めんそう》

そのダイヤというのは、[4]ロシア帝国《ていこく》がほろびたあと、売《う》りに出《だ》されたのを、壮二《そうじ》くんのお父《とう》さんが手《て》に入《い》れたものでした。

こんな予告状《よこくじょう》が来《き》たおかげで、羽柴家《はしばけ》はおいわいの一方《いっぽう》、警察《けいさつ》にとどけるやら、見《み》はりの人《ひと》をやとうやら、大《おお》さわぎになりました。

そんな中《なか》で、壮二《そうじ》くんも、お父《とう》さんを助《たす》けようと、ひそかにしたことがあるのですが、それはまだ、ひみつにしておきましょう。

その夜《よる》、お父《とう》さんとお母《かあ》さん、壮二《そうじ》くんとお姉《ねえ》さんの早苗《さなえ》さんが、壮一兄《そういちにい》さんの帰国《きこく》をいわう夕食《ゆうしょく》を楽《たの》しんでいたときのことです。

＊1ひとしお…ほかとくらべて、程度《ていど》が一段《いちだん》とますこと。＊2余《よ》…わたくし。男性《だんせい》が自分《じぶん》を表《あらわ》すときに用《もち》いる改《あらた》まったいい方《かた》。また、えらそうな態度《たいど》でいういい方《かた》。＊3貴下《きか》…主《おも》に男性《だんせい》が、同《おな》じか、目下《めした》の相手《あいて》に敬意《けいい》を表《あらわ》すいい方《かた》。＊4ロシア帝国《ていこく》…帝政《ていせい》ロシアのこと。1917年《ねん》までヨーロッパ東部《とうぶ》からアジア北部《ほくぶ》・西部《せいぶ》にかけて広《ひろ》く支配《しはい》していた国《くに》。

思《おも》い出話《でばなし》に花《はな》がさくテーブルに、電報《でんぽう》がとどけられました。それを見《み》るなり壮太郎氏《そうたろうし》は、こわい顔《かお》で、だまりこんでしまいました。

「何《なに》かあったんですか、お父《とう》さん。」

「うむ、壮一《そういち》。おまえに心配《しんぱい》させたくないから、だまっていたが、とうとうこんな物《もの》が来《き》てしまった。読《よ》んでみてくれ。」

そういって広《ひろ》げた電報《でんぽう》には、こう書《か》いてありました。

「コンヤ十二ジ　オヤクソクノモノ　ウケトリニイク　二〇」

今夜《こんや》十二時《じ》、お約束《やくそく》の物《もの》、受《う》けとりに行《い》く――壮二《そうじ》くんは、アッとさけびそうになりました。

「二〇」とは、怪人《かいじん》二十面相《めんそう》のことにちがいありません。というこ

とは、あの怪人《かいじん》が、今夜《こんや》、壮二《そうじ》くんの家《いえ》にやってくるのです。

「いったい、どういうことなんです。お父《とう》さん。」

「おお壮一《そういち》、おまえが帰《かえ》る前《まえ》に、こんなことがあったのだ……。」

お父《とう》さんは、ダイヤモンドと予告状《よこくじょう》のことを説明《せつめい》しました。

「それで、どうだ。今晩《こんばん》はわしとおまえの二人《ふたり》で、わしの部屋《へや》にたてこもり、ダイヤモンドの*番《ばん》をすることにしては。」

*番《ばん》をする…見《み》はりをすること。

「ねずの番《ばん》というわけですね。わかりました。」

(壮一兄《そういちにい》さんがいっしょなら、きっとだいじょうぶだ。)

壮二《そうじ》くんは、ほっと安心《あんしん》しました。すると、お父《とう》さんから、

「早苗《さなえ》、壮二《そうじ》、おまえたちは早《はや》くねなさい。あとはわしらと警察《けいさつ》、見《み》はりの者《もの》にまかせて、しん室《しつ》から出《で》てくるんじゃないぞ。」

と、いわれてしまいました。ざんねんですが、仕方《しかた》ありません。

でも、二十面相《めんそう》が来《き》たとして、自分《じぶん》がしかけたものが、何《なに》か役《やく》に立《た》ったら――そう考《かんが》えると、ワクワクしてしまう壮二《そうじ》くんなのでした。

2 鉄《てつ》のわな

夜《よる》はだんだんとふけていき、やがて十二時近《じちか》くになりました。ドアやまどには全部《ぜんぶ》カギがかけられ、おまわりさんや、羽柴家《はしばけ》でずっとはたらいている人《ひと》たちが、あちこちで番《ばん》をしていました。

それでも、予告《よこく》の時間《じかん》が近《ちか》づくと、お父《とう》さんの壮太郎氏《そうたろうし》は、どんどん不安《ふあん》になってきました。そんな気持《きも》ちを無理《むり》に打《う》ち消《け》そうとしていいました。

「少《すこ》し用心《ようじん》が大《おお》げさすぎたかもしれないね。ダイヤモンドは、この部屋《へや》の金庫《きんこ》におさめてあるのだし、こうやって、わしとおまえの二人《ふたり》がかりで見《み》はっているのだから。おまけに、外《そと》は人《ひと》だらけだ。」

なのに、返《かえ》ってきたのは、*水《みず》をさすような言葉《ことば》でした。

「いや、お父《とう》さん。二十面相《めんそう》のことは新聞《しんぶん》で読《よ》みましたが、おそろしいやつですよ。何十人《なんじゅうにん》いたって関係《かんけい》ありません。金庫《きんこ》に入《い》れてあるからと安心《あんしん》していたら、後《うし》ろのかべごとあなをあけられて、中《なか》はからっぽになっていたことさえ、あるそうですからね。」

「おいおい、壮一《そういち》。こわいことをいうんじゃないよ。だが、金庫《きんこ》にあなでもあけられていたら、たいへんだ。たしかめてみよう。」

壮太郎氏《そうたろうし》は無理《むり》にわらいながら、部屋《へや》のすみにある、金庫《きんこ》のダイヤルを回《まわ》し、とびらを開《ひら》きました。

そこから出《だ》した小箱《こばこ》を開《ひら》くと、にじ色《いろ》のまぶしい光《ひかり》がとびだしました。大豆《だいず》ほどもある、六このダイヤモンドが放《はな》ったものでした。

「どうだ、見事《みごと》な物《もの》だろう。」

「ほんとうですね。じつにすばらしい……。」

壮太郎氏《そうたろうし》は、まるで、したなめずりでもするような、むすこのようすをへんに思《おも》いながら、小箱《こばこ》のふたをしめました。そして、そのまま見《み》はることにしました。そのほうが、安心《あんしん》に思《おも》えたからです。


*水《みず》をさす……うまくいっている物事《ものごと》を、そばでじゃまをして、うまくいかないようにする。

そうする間《あいだ》にも時間《じかん》はすぎ、十二時《じ》まで、あと十分《ぷん》となったときでした。何《なに》か白《しろ》いものが、じゅうたんを走《はし》っていきました。

「おや、今《いま》のはなんだ。わしのつくえの下《した》に入《はい》っていったが……。」

いいながら、壮太郎氏《そうたろうし》は、つくえの下《した》にもぐりこんだのですが、すぐに白《しろ》くて丸《まる》いものを手《て》に「なあんだ」という顔《かお》で出《で》てきました。

「ピンポン玉《だま》だ。なんで、こんな物《もの》が転《ころ》がってきたんだろう。」

「壮二《そうじ》くんの遊《あそ》び道具《どうぐ》が、たまたまお父《とう》さんの部屋《へや》にまぎれこんでいて、何《なに》かのひょうしに落《お》ちたんじゃありませんか。」

「そうかもしれない。だが、そんなことより時間《じかん》は?」

「あと四分《ぷん》です。」

そして、あと三分《ぷん》、二分《ふん》、一分《ぷん》……。二十面相《めんそう》は、今《いま》にも、ここのドアをやぶって、入《はい》ってくるのではないでしょうか。

とうとう壮太郎氏《そうたろうし》は、ひたいをおさえて、ふるえだしました。

そして、ついに十二時《じ》が来《き》ました。

けれど、何《なに》も起《お》こりません。十秒《びょう》がたち、二十秒《びょう》、三十秒《びょう》……一分《ぷん》がすぎたとき、壮太郎氏《そうたろうし》は急《きゅう》にわらいだしました。

「アハハハ。二十面相《めんそう》の予告状《よこくじょう》も、あてにはならんな。ダイヤモンドは、ここにちゃんとあるじゃないか。」

「そうでしょうか。あの二十面相《めんそう》が、約束《やくそく》を守《まも》らないなんてことがあるでしょうか。」

と、またしても、父《ちち》の安心《あんしん》に、水《みず》をさすような言葉《ことば》です。

「壮一《そういち》、おまえは、いったい何《なに》をいいたいんだ。ダイヤモンドは、ちゃんとそこにあるではないか。」

「いえ、お父《とう》さん。ここにあるのは箱《はこ》です。中《なか》をたしかめてみるまでは、安心《あんしん》できません。」

二人《ふたり》はしばらくの間《あいだ》、にらみあいました。

「それなら、開《あ》けてみようじゃないか。ずっと見《み》はっていたのに、ぬすまれるわけがない。」

壮太郎氏《そうたろうし》はそういうと、パチンと箱《はこ》のふたを開《あ》けました。

「あっ、ない!」

箱《はこ》の中《なか》はからっぽでした。あの美《うつく》しい六このダイヤモンドは、かき消《け》すようになくなっていたのです。これはどうしたことでしょう。

「ふしぎだ……。」

あまりのことに、壮太郎氏《そうたろうし》はうめくように、いいました。

「ふしぎですね。」

その返事《へんじ》の仕方《しかた》が、やっぱりどこかへんでした。おどろいたり、おそれたりするようすがなく、なんだか楽《たの》しそうなのです。

「壮一《そういち》、何《なに》をわらっている。この部屋《へや》にいて、ダイヤモンドに手《て》をふれることができた者《もの》は、わしとおまえだけなのだぞ。」

そのふざけたたいどに、壮太郎氏《そうたろうし》はむっとして、いいました。

「そうです。なのに、二十面相《にじゅうめんそう》は、見事《みごと》にダイヤモンドをうばった。約束《やくそく》を守《まも》ったんですよ。かれは、やっぱりえらいですなあ。」

「賊《*ぞく》をほめるとは何事《なにごと》だ。しかも、何《なに》がおかしくて、そんなにわらうのだ。」

「それはね、あなたのあわて方《かた》が、ゆかいだからですよ。」

そのとき壮太郎氏《そうたろうし》はゾーッとしました。目《め》の前《まえ》にいるのは、ほんとうに自分《じぶん》のむすこなのか、うたがわしくなってきたのです。

壮太郎氏《そうたろうし》は、ゆっくりと、かべぎわによりました。そこには、人《ひと》を外《そと》からよぶ、ベルのボタンがあったのです。

「羽柴《はしば》さん、あなたこそ動《うご》いてはいけませんね。」

さっきまでの「お父《とう》さん」が、いきなり「羽柴《はしば》さん」になりました。しかも、ポケットから小型《こがた》のピストルを取《と》りだすと、ピタリとねらいをさだめたではありませんか。

「人《ひと》をよんではいけません。よべば、引《ひ》き金《がね》を引《ひ》きますよ。」

「きさまは、いったい何者《なにもの》だ。もしや……。」

＊賊《ぞく》…どろぼう。強盗《ごうとう》。

「ハハハ……、やっと、おわかりになったようですね。ぼくは、壮《そう》一《いち》くんじゃありません。あなたがたが二十面相《めんそう》とよんでいる、盗《とう》賊《ぞく》です。」

とんでもないその言葉《ことば》に、壮太郎氏《そうたろうし》は息《いき》も止《と》まりそうでした。

「待《ま》て。おまえが壮一《そういち》でないなら、あの手紙《てがみ》と写真《しゃしん》はなんなのだ。」

「ハハハ……、二十面相《めんそう》は魔法使《まほうつか》い、だれにもできないことをやるのです。ではダイヤモンドのお礼《れい》に、たね明《あ》かしをしてあげましょう。

ぼくは、壮一《そういち》くんが行方不明《ゆくえふめい》だと知《し》り、かれの写真《しゃしん》を手《て》に入《い》れました。そして、十年間《ねんかん》で、どんな顔《かお》にかわるか想像《そうぞう》し、この顔《かお》をつくったのです。そうして撮《と》ったのが、あの写真《しゃしん》ですよ。

ぼくは壮一《そういち》くんの名前《なまえ》で手紙《てがみ》を書《か》き、ボルネオ島《とう》にいる友人《ゆうじん》に写真《しゃしん》といっしょに送《おく》り、そこから、この家《いえ》あてに出《だ》させたのです。」

「なんだと……。では、本物《ほんもの》の壮一《そういち》は、どうなったのだ。」

「それならご安心《あんしん》なさい。壮一《そういち》くんは、ある国《くに》で一生《いっしょう》けん命《めい》はたらいています。日本に帰《かえ》るのはまだ先《さき》のようですがね。」

なんとおそろしい話《はなし》でしょう、赤《あか》の他人《たにん》が家族《かぞく》に化《ば》けていたなんて。お父《とう》さんたちは、長男《ちょうなん》が帰《かえ》ったよろこびにつけこまれたのです。

「手品《てじな》のたねは、ピンポンの玉《たま》ですよ。ぼくはポケットから、あれをじゅうたんに放《ほう》りだし、あなたが気《き》を取《と》られたすきにダイヤモンドをいただいた。ハハハ……。では、さようなら。」

二十面相《めんそう》はピストルをかまえながら、後《あと》ずさりをしました。庭《にわ》に面《めん》したまどを開《ひら》くと、ヒラリとまどわくにまたがりました。

「これ、壮二《そうじ》くんにおもちゃとしてあげてください。人殺《ひとごろ》しをしないぼくが、本物《ほんもの》のピストルなんて持《も》つわけがないじゃありませんか。」

といい、にせもののピストルを投《な》げすて、庭《にわ》へとびおりたのです。

でも、この盗賊《とうぞく》にも、まるで予想《よそう》していないことがありました。

二十面相《めんそう》の黒《くろ》いかげが、スタッと地面《じめん》に下《お》りたったとたん、「ギャッ！」

というさけびが、真夜中《まよなか》の庭《にわ》にひびきわたりました。

それこそ、壮二《そうじ》くんがした「あること」のけっかだったのです。

二十面相《めんそう》が、お父《とう》さんのダイヤモンドをねらっていると知《し》った壮《そう》二《じ》くんは、賊《ぞく》はきっと、金庫《きんこ》のある部屋《へや》にしのびこむと考《かんが》えました。

そのあと、どこからにげるでしょう。いちばん近《ちか》くのまどからではないでしょうか。その真下《ました》は花《か》だんで、着地《ちゃくち》にはぴったりです。

そこで壮二《そうじ》くんは、わなをしかけたのです。お父《とう》さんが、昔《むかし》買《か》ったバネじかけのわなで、けものがふんだり、ふれたりすると、ギザギザのついた鉄《てつ》わくが、バチンととじて、足《あし》をはさむ仕組《しく》みです。二十面相《めんそう》は花《か》だんにとびおりたら、すぐにげるつもりでした。なのに、わなにかかってしまい、なんとかはずそうと必死《ひっし》になりました。

「賊《ぞく》は、庭《にわ》に下《お》りたぞ。みんな早《はや》く庭《にわ》に回《まわ》れ！」

その間《あいだ》に、壮太郎《そうたろう》氏《し》が大声《おおごえ》で知《し》らせました。やっとわなをはずしたときには、前《まえ》から、右《みぎ》から、左《ひだり》から、二十面相《めんそう》をつかまえようとする人《ひと》たちが、せまっていました。

すると、二十面相《めんそう》は、いきなりななめにかけだして、せっかく取《と》りかこんだ人《ひと》と人《ひと》の間《あいだ》を、すりぬけてしまいました。

「どこだ、どっちへにげた？」

「あっ、あっちです！」

懐中電灯《かいちゅうでんとう》をいっせいにつけると、にげていく二十面相《めんそう》の後《うし》ろすがたが、はっきり見《み》えました。が、すぐに物《もの》かげにかくれてしまい、そのあと、いくらさがしても見つかりませんでした。

しかたなく、捜索《そうさく》は、明《あか》るくなるまで打《う》ちきりとなりました。

そのかわり、屋《や》しきのまわりは警察《けいさつ》でかため、ゆるしのない者《もの》は、だれも外《そと》に出《だ》さないし、入《はい》ることもできないようにしました。二十面相《めんそう》はまだ屋《や》しきのどこかにいて、外《そと》へは出《で》ていないはずだと考《かんが》えたからです。

こうして、みんなは家《いえ》の中《なか》に入《はい》りました。ですが、松野《まつの》さんという運転手《うんてんしゅ》だけは、あきらめきれずに、庭《にわ》にのこっていました。

池《いけ》まで来《き》て、ふと水面《すいめん》を見《み》ると、落《お》ち葉《ば》や木切《きぎ》れにまじって、細《ほそ》い竹《たけ》がつきでています。はてな、こんな物《もの》が生《は》えていたかなと見《み》ていると、水《みず》の流《なが》れもないのにふらふらゆれています。

松野《まつの》さんは、ちり紙《がみ》を細《ほそ》くさき、竹《たけ》の先《さき》っぽに近《ちか》づけました。すると、紙《かみ》がひらひらと動《うご》きだしたではありませんか！

この竹《たけ》を通《とお》して、池《いけ》の中《なか》でだれかが息《いき》をしているのです。きっと、二十面相《めんそう》にちがいありません。

松野《まつの》さんは、どうしようかまよったあげく、賊《ぞく》をにがすまいと、竹《たけ》をグイッとつかみました。ところが、そのとき池《いけ》の中《なか》から、ものすごい力《ちから》で、引《ひ》っぱりかえすものがあったのです……。

3 壮二《そうじ》くんの行方《ゆくえ》

あくる日《ひ》、羽柴家《はしばけ》は大《おお》さわぎになりました。

庭《にわ》の木《き》の上《うえ》のほうに、男《おとこ》が横《よこ》たわっていて、しかも、そいつは、夕《ゆう》べあらわれた二十面相《めんそう》と、同《おな》じ服《ふく》を着《き》ていたからです。

ところが、下《お》ろしてみると、男《おとこ》は体《からだ》じゅうをしばられ、さるぐつわまでされていました。男《おとこ》の顔《かお》を見《み》て、だれもがびっくりしました。

「あっ、きみは運転手《うんてんしゅ》の松野《まつの》くん！」

そう、松野《まつの》さんでした。かれは、池《いけ》の中《なか》の二十面相《めんそう》に気《き》づいたものの、ぎゃくにおそわれ、服《ふく》を取《と》りかえられたというのです。

「そんなことがあったのか……。」

羽柴壮太郎氏《はしばそうたろうし》は、びっくりし、そのあとゾーッとしました。

「おい、待《ま》てよ。これが、本物《ほんもの》の松野《まつの》くんなら、けさ、早苗《さなえ》と壮二《そうじ》を、学校《がっこう》へ送《おく》っていった運転手《うんてんしゅ》は、だれだったんだ？」

そうなのです。壮二《そうじ》くんと姉《あね》の早苗《さなえ》さんは、いつもどおり学校《がっこう》に行《い》っていたのです。それも、松野運転手《まつのうんてんしゅ》があやつる自動車《じどうしゃ》で！

「あのときの松野《まつの》くんは、二十面相《めんそう》が化《ば》けていたのにちがいない。すぐに二人《ふたり》が通《かよ》う学校《がっこう》に、問《と》いあわせてくれ！」

急《いそ》いで電話《でんわ》してみると、早苗《さなえ》さんは、たしかに女学校《じょがっこう》[*1]にいましたが、壮二《そうじ》くんは小学校《しょうがっこう》には、まだ来《き》ていないという返事《へんじ》です。

これは二十面相《めんそう》にさらわれたのでは、と大《おお》さわぎになったところ

＊１女学校《じょがっこう》…むかし設《もう》けられていた、高等女学校《こうとうじょがっこう》のこと。

へ、からっぽの自動車《じどうしゃ》が、家《いえ》の前《まえ》においてあるのが見《み》つかりました。その車内《しゃない》には、こんな手紙《てがみ》がおいてあったのです。

夕《ゆう》べは、ダイヤ六こ、たしかにちょうだいしました。見《み》れば見《み》るほど見事《みごと》な宝石《ほうせき》、家宝《かほう》として大切《たいせつ》にします。しかし、何者《なにもの》かが庭《にわ》にわなをしかけ、ぼくに大《おお》けがをさせたことは、ゆるせません。あれは、むすこさんの壮二《そうじ》くんのしわざとわかりましたから、かれを人質《ひとじち》＊2につれて帰《かえ》りました。ところで羽柴《はしば》さん、あなたの美術《びじゅつ》コレクションは、すばらしいですね。ぼくも、さいしょは、ロマノフ王家《おうけ》のダイヤモンドだけにするつもりでしたが、こんな目《め》にあっては、そうはいかなくなりました。

＊２人質《ひとじち》…自分《じぶん》の要求《ようきゅう》を通《とお》すために、つかまえておく相手側《あいてがわ》の人間《にんげん》。

壮二《そうじ》くんを返《かえ》してほしければ、あなたが、とくに大事《だいじ》にしている観音像《かんのんぞう》を、ぼくにゆずりなさい。今夜《こんや》十時《じ》、部下《ぶか》の者《もの》を行《い》かせますから、だまって引《ひ》きわたしてください。

壮二《そうじ》くんは、観音像《かんのんぞう》との交《こう》かんで返《かえ》します。なお、警察《けいさつ》に知《し》らせたら、壮二《そうじ》くんは二度《にど》と帰《かえ》ってこないでしょう。ご承知《しょうち》なら、今晩《こんばん》、門《もん》を開《あ》けておいてください。

では、よろしく。

二十面相《めんそう》

これを読《よ》んだ壮太郎氏《そうたろうし》は、苦《くる》しそうな顔《かお》でいいました。

「壮二《そうじ》の命《いのち》には、どんな宝物《たからもの》だって、かえられない。だが、あの観《かん》音像《のんぞう》は、日本の財産《ざいさん》といっていい物《もの》なんだ。それをあんな悪人《あくにん》に、

取《と》られていいわけがない。どうしたらいいんだ……。やはり、警察《けいさつ》にまかせて、つかまえてもらったほうがいいのではないか。」

これには、壮二《そうじ》くんのお母《かあ》さんが、あわてて反対《はんたい》しました。

「でも、そんなことをしたら、壮二《そうじ》が助《たす》かりません。ぜったいに警察《けいさつ》には知《し》らせるなと、いっているのですから……。」

「わかっている。ああ、何《なに》かいい考《かんが》えはないものかなあ。」

「それなら、私立探偵《しりつたんてい》をたのんだら、どうかしら。この東京《とうきょう》には、警察《けいさつ》もたよりにする名探偵《めいたんてい》がいるそうよ。名前《なまえ》は――明智小五郎《あけちこごろう》！」

そういったのは、壮二《そうじ》くんのお姉《ねえ》さんの、早苗《さなえ》さんでした。

「明智《あけち》、小五郎《こごろう》……。そういえば聞《き》いたことがあるな。」

壮太郎氏《そうたろうし》だけでなく、みんなが、その名前《なまえ》を知《し》っていました。

それほど、ひょうばんの探偵《たんてい》ならば、ということで、さっそく明《あけ》智探偵事務所《ちたんていじむしょ》に電話《でんわ》をしました。すると、返事《へんじ》はこうでした。

「明智先生《あけちせんせい》は、今《いま》、外国《がいこく》に行《い》っているので、助手《じょしゅ》のぼくでよければ、すぐにうかがいます。ぼくは、小林《こばやし》という者《もの》です。」

助手《じょしゅ》というのが少《すこ》し不安《ふあん》でしたが、もうほかの人《ひと》をたのむ時間《じかん》もありません。やがてあらわれたのは、じつに意外《いがい》な人物《じんぶつ》でした。

4 少年探偵《しょうねんたんてい》

「はじめまして。ぼく、明智探偵事務所《あけちたんていじむしょ》の小林芳雄《こばやしよしお》です。」

リンゴのように、つやつやしたほおの少年《しょうねん》がいいました。目《め》が大《おお》きくて、十二、三歳《さい》くらいでした。

「えっ、明智探偵《あけちたんてい》の助手《じょしゅ》というのは、きみですか。もっと、年《とし》が上《うえ》の人《ひと》だと思《おも》っていたが……。」

壮太郎氏《そうたろうし》はびっくりし、こんな子《こ》に、探偵《たんてい》なんかできるのかと心配《しんぱい》しました。けれど、話《はなし》をすると、じつにしっかりしていて、これならたよりにできそうでした。

「二十面相《めんそう》が相手《あいて》ですか。これは、いよいよあとには引《ひ》けませんね。では、賊《ぞく》がねらっている観音像《かんのんぞう》を見《み》せていただけますか。」

そこで壮太郎氏《そうたろうし》は、小林少年《こばやししょうねん》を美術室《びじゅつしつ》に案内《あんない》しました。＊土蔵《どぞう》のような建物《たてもの》で、刀《かたな》やかぶと、絵《え》などが、ガラスケースに入《はい》っています。

観音像《かんのんぞう》は、それだけべつのケースにおさまっていて、じつに見事《みごと》なできばえです。何百年《なんびゃくねん》も前《まえ》に作《つく》

られた仏像《ぶつぞう》ですが、かすかにほほえんだ顔《かお》といい、しなやかなポーズといい、生《い》きているようでした。

小林少年《こばやししょうねん》は、観音像《かんのんぞう》をじっと見《み》つめ、そのあと、目《め》をとじて考《かんが》えこんでいましたが、やがてこういいました。

「いい作戦《さくせん》を思《おも》いつきました。きけんですが、ぼくにまかせてくださいませんか。きっと壮二《そうじ》くんを、取《と》りかえしてみせます。」

「わかりました。きみのいうようにしましょう。」

壮太郎氏《そうたろうし》は、小林少年《こばやししょうねん》のようすを見《み》て、承知《しょうち》しました。

いよいよ、午後《ごご》十時《じ》となりました。約束《やくそく》どおり、開《あ》けはなたれた門《もん》を、くぐって入《はい》ってきたのは、三人《にん》のこわそうな男《おとこ》でした。

三人《にん》は羽柴家《はしばけ》の人《ひと》たちが見《み》ている中《なか》で、どうどうと家《いえ》の中《なか》に入《はい》り、

＊土蔵《どぞう》…かべを、土《つち》やしっくい（石灰《せっかい》に粘土《ねんど》をまぜたもの）などで、ぬりかためた蔵《くら》。

美術室《びじゅつしつ》に向《む》かいました。観音像《かんのんぞう》の入《はい》ったガラスケースを見《み》つけると、大《おお》きなぬのでつつんで、よいしょっと、かつぎあげました。

「待《ま》ってくれ。壮二《そうじ》は、ちゃんと返《かえ》してくれるんだろうね。」

壮太郎氏《そうたろうし》は、あわてて三人《にん》をよびとめると、たずねました。

「だいじょうぶだよ。おれたちが、これを運《はこ》びだしたら、すぐにもどってくるとも。だから、よけいなことをしなさんなよ。」

男《おとこ》の一人《ひとり》がいい、そのままガラスケースを、家《いえ》の前《まえ》にとめたトラックにつみこみました。と、そこへ早苗《さなえ》さんがかけよりました。

「待《ま》って！　壮二《そうじ》はどこにいるの。弟《おとうと》を返《かえ》さないまま、にげるつもりなら、すぐにも警察《けいさつ》をよぶわよ。」

すると、ハンドルに手《て》をかけた男《おとこ》が、わらいながらいいました。

「これは、ゆうかんなおじょうさんだ。ほら、後《うし》ろを見《み》なよ。」

早苗《さなえ》さんたちがふりかえると、門《もん》のあたりに、ボロボロの服《ふく》を着《き》て、ぼうしをかぶった人間《にんげん》が、大《おお》きいのと小《ちい》さいのと一人《ひとり》ずつ、立《た》っているではありませんか。

壮太郎氏《そうたろうし》や早苗《さなえ》さんたちが、それに気《き》を取《と》られているうちに、トラックは急《きゅう》に走《はし》りだしました。仕方《しかた》なく、門《もん》にもどると、二人《ふたり》づれの大《おお》きいほうが、こんなことをいいだしたのです。

「エヘヘヘ……、では、お約束《やくそく》の物《もの》を、おわたししますよ。」

いうなり、かけだして夜《よる》の町《まち》に消《き》えてしまいました。すると、のこされた小《ちい》さいほうが、聞《き》きなれた声《こえ》で、

「お父《とう》さん、お母《かあ》さん、それにお姉《ねえ》さん。ぼく、壮二《そうじ》です。そして、

今《いま》、にげていったのが、二十面相《めんそう》なんです。」

これには、みんなびっくりするやら、よろこぶやら。二十面《めん》相《そう》は、わざときたない身《み》なりで、壮二《そうじ》くんをつれ、羽柴家《はしばけ》のまわりをうろついていたのです。そして、観音像《かんのんぞう》をつんだトラックが、出発《しゅっぱつ》するのをたしかめて、壮二《そうじ》くんをのこして、にげてしまったのでした。

すぐには、遠《とお》くまで行《い》けないはずでした。なのに二十面相《めんそう》のすがたは、それきり消《き》えて、見《み》つからなかったのです。

見《み》つからないはずでした。二十面相《めんそう》は、すぐにきたない服《ふく》を和服《わふく》に着《き》がえ、白髪頭《しらがあたま》に白《しろ》ひげのおじいさんに、変装《へんそう》したからです。

さらに、あとで足取《あしど》りをたどられないように、タクシーを何度《なんど》か乗《の》りかえ、やがて、町《まち》はずれにぽつんと立《た》つ*西洋館《せいようかん》に着《つ》きました。

そう、ここが、怪人《かいじん》二十面相《めんそう》のかくれ家《が》なのでした。

中《なか》に入《はい》ると、先《さき》にトラックで帰《かえ》っていた三人《にん》が、待《ま》っていました。二十面相《めんそう》は男《おとこ》たちにほうびをやり、かくれ家《が》を出《で》ていかせました。

そのあと変装《へんそう》のまま、おくのうす暗《ぐら》い部屋《へや》に行《い》くと、そこには、

*西洋館《せいようかん》…ヨーロッパやアメリカの様式《ようしき》でたてられた館《やかた》。

ガラスケースが、ぬのをまいたまま、おいてありました。

二十面相《めんそう》は、ぬのをはずし、ろうそくを手《て》に、とびらを開《ひら》きました。

「どうだい、この二十面相《めんそう》のうでまえは。日本じゅうの宝物《たからもの》をわが物《もの》にするのも、夢《ゆめ》ではないぞ。それにしても、この観音様《かんのんさま》のすばらしさといったら、今《いま》にも動《うご》きだしそうじゃないか。」

そうひとりごとをいったときでした。観音様《かんのんさま》が、ほんとうに動《うご》いたのです。木《き》でできた右《みぎ》うでが前《まえ》にのび、しかも、手《て》にはピストルがにぎられていたから、さすがの二十面相《めんそう》も、きもをつぶしました。*

*きもをつぶす…ひじょうにびっくりする。

5 仏像《ぶつぞう》の奇跡《きせき》

二十面相《めんそう》がぼうぜんとするうち、観音様《かんのんさま》は、台《だい》からゆかに下《お》りました。そして、ピストルをかまえたまま、近《ちか》づいてくるのです。

「き、きさま、いったい、何者《なにもの》だっ。」

二十面相《めんそう》は、さけびました。

「わしは、羽柴家《はしばけ》のダイヤモンドを、取《と》りかえしに来《き》た者《もの》だ。あれさえわたせば、助《たす》けてやるが、さあ、どうだ。」

仏像《ぶつぞう》が、ものをいったのです。そんなはずはありませんから、人《にん》間《げん》が化《ば》けているのでしょうが、大人《おとな》にしては小《ちい》さいのが不気味《ぶきみ》でし

た。

「で、ダイヤモンドをわたさないといったら、そのピストルが火《ひ》をふくというわけか。ずいぶん、らんぼうな観音様《かんのんさま》だねえ。」

「それで、どうする。わたすのか、わたさないのか。」

「わかった、わかったよ。ちょっと待《ま》っていたまえ。」

二十面相《めんそう》は、かくし引《ひ》き出《だ》しを開《あ》けました。そこから取《と》りだしたキラキラとかがやく六《むっ》つの宝石《ほうせき》を、観音様《かんのんさま》にわたしながら、

「フフフ……、ざんねんながら、今回《こんかい》はおれの負《ま》けだよ。さすがは名探偵明智小五郎《めいたんていあけちこごろう》の助手《じょしゅ》、小林芳雄《こばやしよしお》くんだ。」

「ほう、よくわかったね。」

「わかるさ。この二十面相《めんそう》をここまで追《お》いつめられるのは、明智小《あけちこ》

五郎《ごろう》ぐらいだが、かれは今《いま》、日本にいない。で、きみという少年《しょうねん》助手《じょしゅ》がいることを思《おも》いだしたのさ。羽柴家《はしばけ》にかけつけたきみは、観音像《かんのんぞう》に化《ば》けてガラスケースにおさまり、ここにたどりついたわけだ。」

「なんでも知《し》っているんだね、きみは。」

正体《しょうたい》を見《み》やぶられた小林少年《こばやししょうねん》は、いいながら、少《すこ》しずつ後《あと》ずさりしました。もうすぐ、この部屋《へや》を出《で》ようとするときになって、

「きみよりは、大人《おとな》だからね。ほかにもいろいろと知《し》っているよ。」

すっかり落《お》ちつきを取《と》りもどした二十面相《めんそう》が、いいました。

「いったい、何《なに》を知《し》ってるというんだい？」

「たとえば……、きみが、ここを出《で》ることはないということとかね。」

「何《なに》っ、それはいったい、どういうことだ？」

「こういうことだよ！」

いうなり二十面相《めんそう》は、かべのスイッチをおしました。次《つぎ》のしゅん間《かん》、小林少年《こばやししょうねん》の足《あし》の下《した》のゆか板《いた》が消《き》えてしまいました。

それは、落《お》としあなのしかけでした。二十面相《めんそう》は、小林少年《こばやししょうねん》がその真上《まうえ》に来《く》るのを見《み》はからって、スイッチをおしたのでした。

地下《ちか》の暗《くら》やみにすいこまれ、みるみる落下《らっか》していく小林少年《こばやししょうねん》の耳《みみ》に、二十面相《めんそう》のあざわらう声《こえ》が聞《き》こえてきました。

小林少年《こばやししょうねん》は、気《き》がつくとすぐ、観音様《かんのんさま》に化《ば》けるための、衣《ころも》の下《した》をさぐりました。そこには、かたかけカバンがあり、高《たか》い所《ところ》から落《お》ちたひょうしに、中身《なかみ》をつぶしたのでは、と心配《しんぱい》したのです。

「ピッポちゃん、ピッポちゃん、ぶじかい。」

声《こえ》をかけると、カバンの中《なか》で何《なに》かが動《うご》きました。小林少年《こばやししょうねん》は安心《あんしん》した顔《かお》になると、カバンから、いろんな道具《どうぐ》を取《と》りだしました。

まずは、万年筆型《まんねんひつがた》の懐中電灯《かいちゅうでんとう》。

次《つぎ》に、いろんな刃物《はもの》が、おりたたみになった万能《ばんのう》ナイフ。

そして、じょうぶなひもで作《つく》った、なわばしご。

小型《こがた》の望遠鏡《ぼうえんきょう》、時計《とけい》、じしゃく、手帳《てちょう》。

これらは「探偵《たんてい》の七《なな》つ道具《どうぐ》」でした。小林少年《こばやししょうねん》はまず懐中電灯《かいちゅうでんとう》をつけ、二十面相《めんそう》から取《と》りかえした、ダイヤモンドをたしかめました。

まわりをてらすと、ここはコンクリートの地下室《ちかしつ》で、出口《でぐち》はなく、

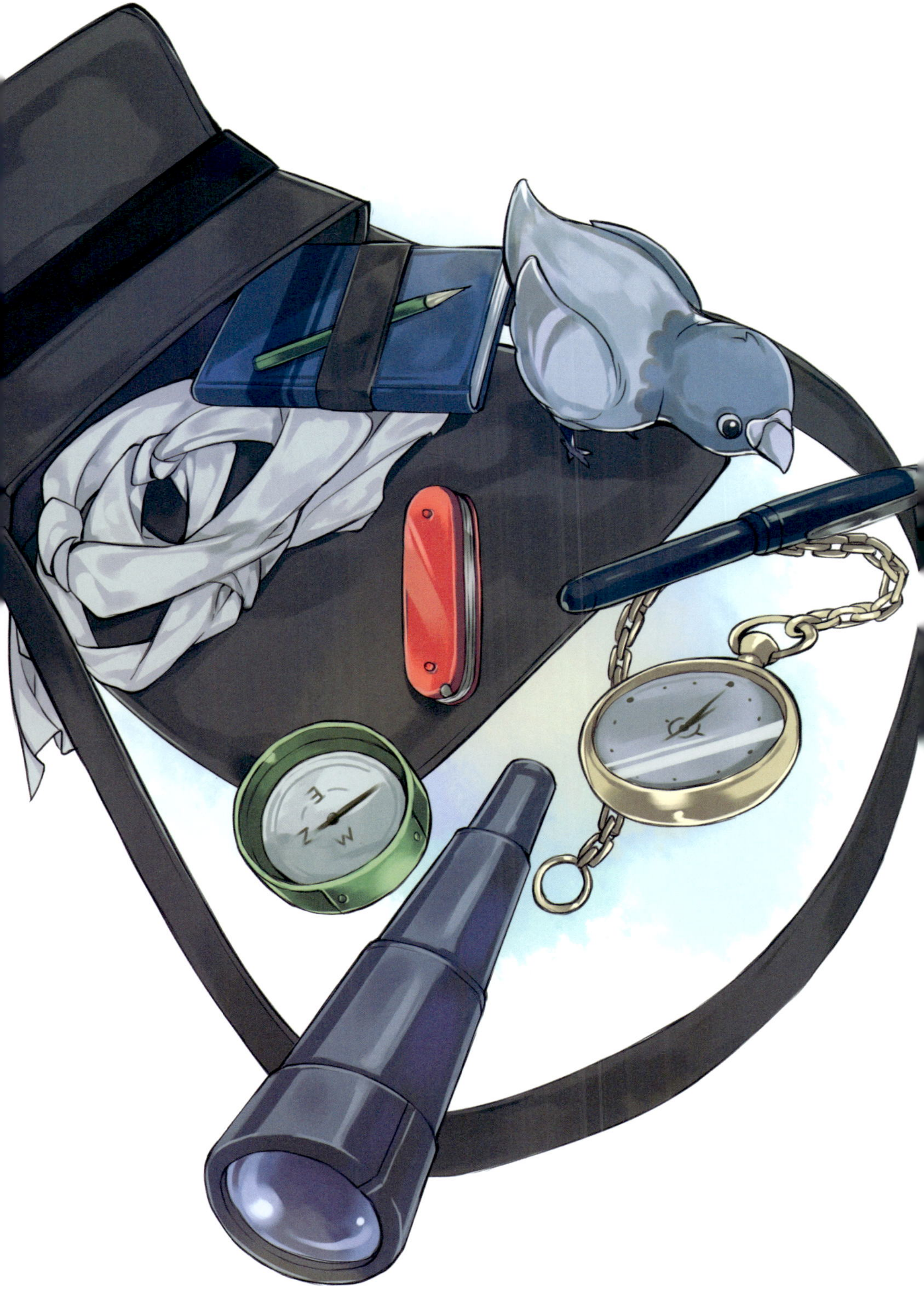
E
N
W

天《てん》じょうは、とどきそうにないほど高《たか》いとわかりました。

さて、どうしたものかと考《かんが》えていると、カバンの中《なか》からひょこっと頭《あたま》を出《だ》したものがありました。それは、一羽《わ》のかわいいハトで、これが、さっきいった「ピッポちゃん」なのでした。

「ピッポちゃん、それじゃ、ねむるとしようか。」

小林少年《こばやししょうねん》はハトに声《こえ》をかけると、すみにあった長《なが》いすに横《よこ》になり、丸《まる》めておいてあった毛布《もうふ》をかぶりました。そしてすぐ、深《ふか》いねむりに入《はい》ったのでした。

6 七つ《なな》道具《どうぐ》

よく朝《あさ》、目《め》をさますと、地下室《ちかしつ》の中《なか》は明《あか》るくなっていました。見《み》回《まわ》すと、天《てん》じょう近《ちか》くに、*1鉄《てつ》ごうしのはまったまどがありました。

「よし、あそこからにげられないか、ためしてみよう。」

小林少年《こばやししょうねん》は、探偵七《たんていなな》つ道具《どうぐ》の一《ひと》つ、なわばしごを取《と》りだしました。ふだんはごく小《ちい》さいのですが、のばすと何《なん》メートルにもなり、かたはしには、物《もの》を引《ひ》っかける、*2かぎがついています。

小林少年《こばやししょうねん》はいきおいをつけ、エイッと、まどめがけて投《な》げました。何度目《なんどめ》かに、かぎが鉄《てつ》ごうしに引《ひ》っかかりました。

*1鉄《てつ》ごうし…金属製《きんぞくせい》のぼうを、たてや横《よこ》に、間《あいだ》をあけて組《く》んだもの。　*2かぎ…金属《きんぞく》でできた先《さき》の曲《ま》がったぼう。物《もの》を引《ひ》っかけるのに使《つか》う。

小林少年《こばやししょうねん》は、はだしになり、小型望遠鏡《こがたぼうえんきょう》を口《くち》にくわえ、万能《ばんのう》ナイフを衣《ころも》のおびにさすと、なわばしごをよじのぼりはじめました。一見《いっけん》ただのひもですが、とちゅうに玉《たま》にむすんだところが、いくつもあり、それを足《あし》の指《ゆび》ではさみながら、上《のぼ》ってゆくのです。

てっぺんまで上《のぼ》ると、まどは三十センチ四方《しほう》。ガラスはわれていましたが、鉄《てつ》ごうしは、コンクリートでかためられていました。

そのかわり、外《そと》のけしきはよく見《み》えました。*広《ひろ》っぱに、ふしぎな形《かたち》をした建物《たてもの》が、ならんでいます。小林少年《こばやししょうねん》は、望遠鏡《ぼうえんきょう》をのぞき、けしきをすっかり頭《あたま》に入《い》れると、なわばしごを下《お》りました。

じしゃくで方角《ほうがく》を調《しら》べ、見《み》たことをもとに、手帳《てちょう》に地図《ちず》をかきました。さて、これをどうするか。小林少年《こばやししょうねん》の考《かんが》えは決《き》まっていました。

*広《ひろ》っぱ…広場《ひろば》。たてものがなく、広《ひろ》くあいている場所《ばしょ》。

たが、読者《どくしゃ》のみなさんも、もうおわかりでしょうね。
そのとき、落《お》としあなの板《いた》が開《あ》いて、さかさの顔《かお》がヒョイとぶら下《さ》がりました。夕《ゆう》べと同《おな》じ老人《ろうじん》に変装《へんそう》した二十面相《めんそう》です。

「どうだい、そこのいごこちは。そのひもは、なわばしごかい。だが鉄《てつ》ごうしは、きみの力《ちから》じゃはずれない。あきらめるんだね。」

「おはよう。ここは、なかなかいい部屋《へや》だから、ゆっくりさせてもらうよ。あきたら、勝手《かって》に出《で》ていくから、気《き》にしないでね。」

「フフン、さすがは明智小五郎《あけちこごろう》の一番弟子《いちばんでし》だ。だが、どんなにゆうかんな人間《にんげん》にも、勝《か》てないものがあるんだ。わかるかい。」

「そういえば、だいぶおなかがすいたな。」

「そうだろう。このままだと、うえ死《じ》にしてしまうよ。ところで今《いま》、コックが朝《あさ》ごはんを作《つく》っているんだが、きみの分《ぶん》を追加《ついか》してもいいんだぜ。むろん、ただというわけにはいかないがね。」

「ふうん、お金《かね》を取《と》るのかい。」

「お金《かね》じゃないさ。きみが持《も》っていたピストルだよ。あれをこっちへ引《ひ》きわたせば、すぐに、朝《あさ》ごはんを出《だ》してあげるんだがねえ。」

「ふん、あんな物《もの》をおぼえていたのか。だがまあ、おなかがペコペコなのには、かえられない。たのむよ。」

小林少年《こばやししょうねん》がくやしそうに答《こた》えると、二十面相《めんそう》はニヤリとわらい、引《ひ》っこみました。しばらくして、ロープでくくったかごが下《お》りてきました。そこにピストルを入《い》れると、かごが引《ひ》っぱりあげられます。

「なんだ。これは、おれがきのう羽柴壮太郎《はしばそうたろう》をおどしたときの、にせもののピストルじゃないか。こぞうめ、ふざけおって。」

二十面相《めんそう》のあきれたような声《こえ》がしました。これでは、朝《あさ》ごはんはおあずけかなと思《おも》っていると、二十面相《めんそう》がいいました。

「できたか。じゃあ、地下室《ちかしつ》のあの子《こ》に持《も》っていってやれ。」

そのあと、白服《しろふく》を着《き》て、モジャモジャまゆ毛《げ》に、*どんぐりまなこのおじさんが、あなからのぞきました。

これが二十面相《めんそう》がやとったコックさんで、やがて、下《お》りてきたかごには、おにぎり三つとハム、生《なま》たまごとお茶《ちゃ》が入《はい》っていました。

「ウフフフ……。朝《あさ》ごはんは、かんたんな物《もの》にしたが、このあとは、さっきのコックに、ごちそうを作《つく》らせるよ。その分《ぶん》、値段《ねだん》も高《たか》い。

一食《しょく》につきダイヤ一こだ。いやなら、うえ死《じ》にするだけさ！」

そういって、さらに小林少年《こばやししょうねん》を、からかおうとしたときでした。

コックが、大《おお》あわてでやってきました。

「たいへんです。警官《けいかん》が乗《の》った自動車《じどうしゃ》が、三台《だい》も来《き》ています！」

これには、さすがの二十面相《めんそう》もびっくりして、表《おもて》の入《い》り口《ぐち》へかけだしました。のぞきあなから見《み》ると、外《そと》は警官《けいかん》でいっぱいでした。

あわてて、うら口《ぐち》に回《まわ》ろうとしましたが、そこからはドンドンドンと、ドアを、はげしくたたく音《おと》が聞《き》こえてきました。

「このままでは、つかまってしまいます。どうしましょう。」

「こっちだ！　屋根《やね》うら部屋《べや》へ来《こ》いっ。」

二十面相《めんそう》は、コックを、無理《むり》やり階段《かいだん》へ引《ひ》っぱっていきました。

＊どんぐりまなこ…どんぐりのように、丸《まる》くてくりくりした目《め》。

そのとき、表《おもて》とうらのドアがやぶられ、警官《けいかん》がなだれこみました。

先頭《せんとう》に立《た》つのは、警視庁《けいしちょう》の中村警部《なかむらけいぶ》です。その手《て》には、けさ小林《こばやし》少年《しょうねん》が、かいたばかりの地図《ちず》が、にぎられていました。

「小林《こばやし》くんは地下室《ちかしつ》にいる。すぐさがしだして、助《たす》けるんだ！」

「あっ、ここです。この下《した》の地下室《ちかしつ》に、男《おとこ》の子《こ》がいます！」

一人《ひとり》の警官《けいかん》が落《お》としあなを指《ゆび》さし、はしごを下《お》ろしました。

「小林《こばやし》くん、二十面相《めんそう》はどこだ？　外《そと》にはにげていないはずだが。」

中村警部《なかむらけいぶ》にきかれて、小林少年《こばやししょうねん》はつかれも見《み》せず、答《こた》えました。

「ついさっきまで、この落《お》としあなの所《ところ》にいましたし、階段《かいだん》の上《うえ》じゃありませんか。屋根《やね》うら部屋《べや》がどうとか、いっていましたし。」

そのとき、上《うえ》の階《かい》で「二十面相《めんそう》をつかまえたぞーっ」と声《こえ》がした

ものですから、それっと警官隊《けいかんたい》が、階段《かいだん》をかけあがりました。するとそこには、白髪頭《しらがあたま》に白《しろ》ひげの老人《ろうじん》が、一人《ひとり》の警官《けいかん》と、もみあっていたものですから、みんなで、取《と》りおさえてしまいました。

「小林《こばやし》くん、こいつが二十面相《めんそう》か。」

「そうです、警部《けいぶ》さん。夕《ゆう》べからずっと、この変装《へんそう》のままです。」

小林少年《こばやししょうねん》がそう答《こた》えたので、老人《ろうじん》は、警視庁《けいしちょう》につれていかれました。

「大手《おおて》がらだったね。ダイヤモンドはぶじ返《かえ》されたし、観音像《かんのんぞう》はぬすまれずにすんだ。明智《あけち》さんが聞《き》いたら、さぞよろこぶだろう。」

中村警部《なかむらけいぶ》にほめられて、小林少年《こばやししょうねん》は、てれてしまいました。

「二十面相《めんそう》に勝《か》ったなんて、なんだかうそみたいな気《き》がします。でも、手《て》がらの大半《たいはん》は、ピッポちゃんのものですよ。警部《けいぶ》さんは、

あの地図《ちず》を見《み》て、ここにかけつけてくださったんでしょう？」

「もちろんさ。でも、あの*伝書《でんしょ》バトをつれていったのは、きみのちえだし、あのハトにくりつけて地図《ちず》を送《おく》ってくれたおかげで、われわれは、ここがわかったんだからね。えらいのはきみだよ。」

ますますてれる小林少年《こばやししょうねん》でしたが、あることが気《き》になりました。

「あの、ここには、二十面相《めんそう》のほかに、かれがやとったコックがいたはずなんですが。あの人《ひと》はどうなりましたか。」

「コックだって？」

中村警部《なかむらけいぶ》もハッとしたようすで、声《こえ》を上《あ》げました。

＊伝書《でんしょ》バト…遠《とお》くはなれた所《ところ》へ、手紙《てがみ》などを運《はこ》ぶように訓練《くんれん》されたハト。

7 おそろしき挑戦状《ちょうせんじょう》

そのあと警視庁《けいしちょう》での取《と》り調《しら》べで、たいへんなことがわかりました。

かつらを取《と》り、つけひげをはずすと、なんとあのモジャモジャまゆげに、どんぐりまなこの、コックさんの顔《かお》が出《で》てきたのです。

「おまえが二十面相《めんそう》なのか。どんな美男美《びなんび》女《じょ》にも化《ば》けるというわりには、ずいぶん、

おもしろい顔《かお》をしているじゃないか。」

「と、とんでもない。あたしは、コックの虎吉《とらきち》ってもんです。二十面相《めんそう》のだんなには、料理《りょうり》を作《つく》るため、やとわれていただけです。」

「うそをつくな！　ごまかしても、すぐにわかるんだぞ。」

警部《けいぶ》がしかりつけましたが、小林少年《こばやししょうねん》は、たしかにこの男《おとこ》はコックだといいました。では、なんでこんな変装《へんそう》をしていたかときくと、

「二十面相《めんそう》のだんなに、屋根《やね》うら部屋《べや》につれていかれたと思《おも》ったら、いきなりおさえつけられて、こんな変装《へんそう》をさせられたんですよ。だんなは、衣装《いしょう》だなから出《だ》した警官《けいかん》の服《ふく》に着《き》がえ、『二十面相《めんそう》をつかまえたぞーっ』とさけびながら、あたしにとびかかりました。そこへおまわりさんがやってきて、つかまったんです。」

なんという大《だい》たんな賊《ぞく》でしょう。あんな短《みじか》い時間《じかん》に自分《じぶん》のかえ玉《だま》*をつくり、自分《じぶん》は警官《けいかん》に化《ば》けて、まんまとにげだすだなんて！

警部《けいぶ》も小林少年《こばやししょうねん》も、ぼうぜんとしているとコックの虎吉《とらきち》が、「そうだ、二十面相《めんそう》のだんなから、これをあずかったんですが……。」

といいながら、こんな文章《ぶんしょう》を書《か》いた紙切《かみき》れを取《と》りだしました。

小林芳雄《こばやしよしお》くん、きみはじつにえらい子《こ》どもだ。あまりに手《て》ごわいので、ぎゃくにかわいくなってきたほどだよ。きみもくやしいだろうが、これにこりて、ぼくと戦《たたか》おうなんて考《かんが》えないことだね。明智《あけち》くんや中村警部《なかむらけいぶ》に、つたえてほしいことがある。ぼくは、もっと大《おお》きな犯罪《はんざい》を計画《けいかく》していて、今度《こんど》こそ、じゃまはさせない

＊かえ玉《だま》…本人《ほんにん》や本物《ほんもの》に見《み》せかけて、そのかわりに使《つか》うもの。

よ。まして小林《こばやし》くん、きみのような子《こ》どもなんて、相手《あいて》には、しない。
では、さようなら。

二十面相《めんそう》

その挑戦状《ちょうせんじょう》を読《よ》んだ小林少年《こばやししょうねん》の心《こころ》に、むらむらと負《ま》けん気《き》がわいてきたのは、いうまでもありません。小林少年《こばやししょうねん》は、ちかいました。

「見《み》てろよ、二十面相《めんそう》。子《こ》どもだからといって、あなどらせ*はしない。きっとおまえをつかまえてみせるぞ！」

（「怪人二十面相《かいじんにじゅうめんそう》」おわり）

＊あなどる…相手《あいて》の力《ちから》などをかるくみる。

「少《しょう》年《ねん》探《たん》偵《てい》団《だん》」

黒《くろ》い魔《ま》物《もの》事《じ》件《けん》

1 黒《くろ》い魔物《まもの》

その、人間《にんげん》とも、化《ば》け物《もの》とも、わからないやつのことを、人々《ひとびと》は「黒《くろ》い魔物《まもの》」とよんで、おそれていました。

とにかく体《からだ》じゅう真《ま》っ黒《くろ》で、どんな顔《かお》をしているかわかりませんし、男《おとこ》か女《おんな》か、大人《おとな》なのか子《こ》どもなのかも、はっきりしません。

あるときは、黒《くろ》い板《いた》べいからスーッとぬけだし、またあるときは、自分《じぶん》のかげだと思《おも》っていたものが、いつの間《ま》にか黒《くろ》い魔物《まもの》にすりかわっていて、*ぎょうてんした、ということもあったそうです。

黒《くろ》い魔物《まもの》は、すがたをあらわすとき、よくケラケラとわらいます。

すると口《くち》のところがパックリわれ、白《しろ》い歯《は》がのぞくのでした。

さいしょ、そいつは、人《ひと》をおどろかせたり、こわがらせたりするだけでした。しかし、間《ま》もなく、黒《くろ》い魔物《まもの》は、おそろしい悪事《あくじ》をたくらんでいることがわかってくるのでした。

ある春《はる》の晩《ばん》のことです。桂正一《かつらしょういち》くんという小学生《しょうがくせい》が、さびしいうら通《どお》りをトボトボと歩《ある》いていました。

正一《しょういち》くんは、同級生《どうきゅうせい》の篠崎始《しのざきはじめ》くんの家《いえ》に遊《あそ》びに行《い》き、いっしょに宿題《しゅくだい》をしたり、話《はなし》をしたりして、八時《じ》くらいまですごしました。

そのあと正一《しょういち》くんは、一人《ひとり》で家《いえ》に帰《かえ》ろうとしたのですが、左右《さゆう》はへいにはさまれ、ほかに歩《ある》いている人《ひと》はだれもいません。あたりは

＊ぎょうてん…ひじょうにおどろくこと。

しずまりかえって、まるで死人《しにん》の町《まち》にまよいこんだようでした。

でも、正一《しょういち》くんは少年《しょうねん》ずもうの選手《せんしゅ》をするほど力《ちから》が強《つよ》く、勇気《ゆうき》もある男《おとこ》の子《こ》だったので、少《すこ》しもこわいことはありませんでした。

ところが、角《かど》を一《ひと》つ曲《ま》がったとき、正一《しょういち》くんは二十メートルほど先《さき》の街灯《がいとう》の下《した》を歩《ある》く、きみょうな人《ひと》かげに気《き》づきました。

何《なに》がきみょうかというと、頭《あたま》のてっぺんから足《あし》の先《さき》まで、真《ま》っ黒《くろ》

なのです。ただもう黒《くろ》くて、人間《にんげん》かどうかさえはっきりしません。

桂正一《かつらしょういち》くんはハッとしました。（ひょっとしたら、あれが今《いま》うわさの「黒《くろ》い魔物《まもの》」ではないだろうか。）

ちょうどさっき篠崎始《しのざきはじめ》くんと、そいつの話《はなし》をしたところでした。

「もし、黒《くろ》い魔物《まもの》と出会《であ》ったら、正体《しょうたい》をたしかめてやるよ。」

正一《しょういち》くんは、そういった手前《てまえ》、あとをついていくことにしました。

黒《くろ》い魔物《まもの》は歩《ある》くのが速《はや》く、ついていくのがやっとでした。

気《き》がつくと、そこには大《おお》きなお寺《てら》が、お化《ば》けのようにそびえたっていました。篠崎家《しのざきけ》とはべつの町《まち》にある、養源寺《ようげんじ》というお寺《てら》でした。

黒《くろ》い魔物《まもの》は養源寺《ようげんじ》の生《い》けがきにそって、歩《ある》いていましたが、やがて生《い》けがきがやぶれた所《ところ》から、ヒョイッとお寺《てら》に入《はい》りました。

正一《しょういち》くんは、勇気《ゆうき》を出《だ》して自分《じぶん》も生《い》けがきをくぐりました。

中《なか》は墓地《ぼち》で、墓石《はかいし》がいっぱいならんでいます。黒《くろ》い魔物《まもの》は、そのすき間《ま》をすいすいぬけていき、正一《しょういち》くんはあとを追《お》いました。

相手《あいて》は背《せ》が高《たか》く、正一《しょういち》くんは身《み》をかがめてついていきました。ときどき墓石《はかいし》のかげから背《せ》のびし、相手《あいて》の場所《ばしょ》をたしかめます。

その何度目《なんどめ》かに、正一《しょういち》くんはぎょっとしました。黒《くろ》い魔物《まもの》が目《め》の前《まえ》に立《た》っていたのです。正一《しょういち》くんを待《ま》ちぶせしていたのです！

真《ま》っ黒《くろ》な顔《かお》の中《なか》、白《しろ》い歯《は》がうかびあがっています。そればかりか白《しろ》い目《め》が二《ふた》つ、ギョロリとこちらを見《み》ているではありませんか。

正一《しょういち》くんが動《うご》けずにいると、黒《くろ》い魔物《まもの》はさらに大口《おおぐち》を広《ひろ》げ、ケラケラケラ……、と、不気味《ぶきみ》なわらい声《ごえ》を、墓地《ぼち》にひびかせたのです。

正一《しょういち》くんは、あまりのおそろしさに気《き》が遠《とお》くなりました。こわい夢《ゆめ》を見《み》ていて、どうしても目《め》がさめないときのようでした。ところが、どうしたことか黒《くろ》い魔物《まもの》は、ふいに墓石《はかいし》のかげにかくれました。そして、それっきり、すがたを消《け》してしまったのです。

正一《しょういち》くんは、夢中《むちゅう》でお寺《てら》をとびだしました。そして、やっとのことで、明《あか》るくにぎやかな町中《まちなか》にたどりついたのでした……。

その二日後《ふつかご》、事件《じけん》は桂正一《かつらしょういち》くんの同級生《どうきゅうせい》である、篠崎始《しのざきはじめ》くんの家《いえ》で起《お》きました。時《じ》こくは、やっぱり夜《よる》の八時《じ》ころです。

その日《ひ》は、始《はじめ》くんのおばさんが、サチ子《こ》ちゃんという五歳《さい》くらいのむすめと遊《あそ》びに来《き》て、帰《かえ》るところでした。そのあとに、真《ま》っ黒《くろ》な人《ひと》かげがついてきていることを、おばさんは気《き》づきませんでした。

それは、あの「黒《くろ》い魔物《まもの》」でした。そいつはゆっくり二人《ふたり》の後《うし》ろに近《ちか》づいて、いきなりサチ子《こ》ちゃんにとびかかりました。

「あっ、何《なに》をするんです。」

おばさんがさけぶのもかまわず、サチ子《こ》ちゃんを小《こ》わきにかかえ、ケラケラとわらいながら、どこかに走《はし》りさってしまったのです。

すると、黒《くろ》い魔物《まもの》というのは、誘拐犯《ゆうかいはん》だったのでしょうか。

ところが、何時間《なんじかん》かあと、篠崎始《しのざきはじめ》くんの家《いえ》から一キロほど先《さき》で、おまわりさんが、ないているサチ子《こ》ちゃんを見《み》つけました。

サチ子《こ》ちゃんによると、どこか広《ひろ》い場所《ばしょ》へつれていかれ、そのあと、黒《くろ》い魔物《まもの》に名前《なまえ》をたずねられたというのです。

「木村《きむら》サチ子《こ》よ。」

そう答《こた》えると、黒《くろ》い魔物《まもの》は「チェッ」と、*舌打《したう》ちしました。そしてそのまま、サチ子《こ》ちゃんを、おいていったというのです。

よく日《じつ》の昼《ひる》、またへんなことが起《お》きました。篠崎《しのざき》くんの家《いえ》の前《まえ》で遊《あそ》んでいた女《おんな》の子《こ》に、通《とお》りかかったチンドン屋《や》が声《こえ》をかけたのです。

チンドン屋《や》というのは、風《ふう》がわりなかっこうをした人《ひと》たちが、楽《がっ》

*舌打《したう》ち…上《うわ》あごを舌《した》ではじいて音《おと》を出《だ》すこと。くやしさやいらだちを表《あらわ》すしぐさ。

器《き》を鳴《な》らしたり、ちらしを配《くば》ったりしながら、*練《ね》り歩《ある》くもので、いちばん後《うし》ろにいたピエロが、おかしで女《おんな》の子《こ》をさそいました。

おかしもほしいし、音楽《おんがく》やおどりもおもしろいので、ついていくと、ピエロは女《おんな》の子《こ》を神社《じんじゃ》の森《もり》にさそいこみ、名前《なまえ》をききました。

「あたし、タアちゃんっていうの。」

女《おんな》の子《こ》が答《こた》えると、ピエロは前《まえ》の晩《ばん》の、黒《くろ》い魔物《まもの》そっくりに舌打《したう》ちし、すがたを消《け》してしまったのです。

これらの事件《じけん》は、全部《ぜんぶ》始《はじめ》くんの家《いえ》の近《ちか》くで起《お》きました。

サチ子《こ》ちゃんとタアちゃんは、篠崎家《しのざきけ》の子《こ》と、まちがえられたらしいのです。そして始《はじめ》くんには、緑《みどり》ちゃんという妹《いもうと》がいるのでした。

*練《ね》り歩《ある》く…大《おお》ぜいが、列《れつ》を作《つく》って、ゆっくり歩《ある》く。

2 のろいの宝玉《ほうぎょく》

その夜《よる》、妹《いもうと》の緑《みどり》ちゃんが、ねたあと、お父《とう》さんが、お母《かあ》さんと始《はじめ》くんに「話《はなし》がある」と、座《ざ》しきに集《あつ》めました。

始《はじめ》くんは、*床《とこ》の間《ま》に見《み》なれない箱《はこ》があるのに気《き》づきましたが、お父《とう》さんがしんこくな顔《かお》をしているので、きけませんでした。

そのあと、お父《とう》さんが話《はな》しはじめたのは、近《ちか》ごろのきみょうな事《じ》件《けん》とは、関係《かんけい》なさそうな、昔《むかし》の外国《がいこく》のお話《はなし》でした。

「世界《せかい》には、おまえたちの知《し》らないような国《くに》がたくさんあって、ま

*床《とこ》の間《ま》…座《ざ》しきの正面《しょうめん》の床《ゆか》を、一段高《だんたか》くした所《ところ》。かけじくやおき物《もの》、生《い》け花《ばな》などをかざる。

るで、おとぎ話《ばなし》のような風景《ふうけい》やくらしが、くりひろげられている。

この話《はなし》に出《で》てくるのも、そんな国《くに》の一《ひと》つで、そこの人《ひと》たちは夜《よる》のやみのように色《いろ》が黒《くろ》く、ひじょうにほこり高《たか》くて、ゆうかんだった。りっぱな寺院《じいん》をたてて、かれらにとっての神様《かみさま》をあがめていた。

あるとき西洋《せいよう》の軍隊《ぐんたい》が、その国《くに》にせめこんだ。そこの人《ひと》たちは、必死《ひっし》に戦《たたか》ったが、やりや弓矢《ゆみや》だけでは、どうにもならない。たちまち城《しろ》を、せめおとされてしまった。

そのとき、寺院《じいん》でとんでもないことをした軍人《ぐんじん》がいた。大切《たいせつ》にされていた神様《かみさま》の、ひたいの*宝玉《ほうぎょく》をえぐり取《と》ったんだ。しかもこのとき、寺院《じいん》にいたお姫様《ひめさま》が、流《なが》れだまにあたって死《し》んでしまった。

戦《たたか》いはおわり、宝玉《ほうぎょく》は持《も》ちさられた。だが、おそろしいのは、こ

のあとだった。まず、宝玉《ほうぎょく》をうばって帰国《きこく》した軍人《ぐんじん》が、

『昼《ひる》も夜《よる》も、真《ま》っ黒《くろ》な人《ひと》かげにつきまとわれて、こわくてたまらない。そのうち殺《ころ》されるかもしれない。』

と、おびえていうようになり、やがてほんとうに死《し》んでしまった。

その男《おとこ》には、死《し》んだお姫様《ひめさま》と、同《おな》じくらいの年《とし》のむすめがいたんだが、その子《こ》は、何者《なにもの》かにさらわれて帰《かえ》ってこなかったそうだ。

＊宝玉《ほうぎょく》…宝《たから》として大切《たいせつ》にされる玉《たま》。宝石《ほうせき》。

そのあと、宝玉《ほうぎょく》はべつの人《ひと》の物《もの》になったが、その人《ひと》も不幸《ふこう》になった。その次《つぎ》の人《ひと》も、また次《つぎ》の人《ひと》もだ。

みんながみんな、黒《くろ》い人《ひと》かげになやまされていた。その人《ひと》にむめがいる場合《ばあい》は、かならずさらわれて、行方不明《ゆくえふめい》になるのだと……。

それからも宝玉《ほうぎょく》は、人々《ひとびと》の間《あいだ》を転々《てんてん》とし……、今《いま》はここにある。」

お父《とう》さんは、床《とこ》の間《ま》においてあった箱《はこ》を取《と》りました。

箱《はこ》のふたを取《と》ると、中《なか》には直径《ちょっけい》一センチほどもある、まぶしいほどに光《ひか》る玉《たま》が入《はい》っていました。始《はじめ》くんはびっくりして、

「えっ、お話《はなし》の中《なか》の宝玉《ほうぎょく》を、お父《とう》さんが持《も》っているんですか。」

「うむ。*上海《シャンハイ》で、美《うつく》しさにひかれて買《か》ってしまった。そのあと、この宝玉《ほうぎょく》にかけられた、のろいの話《はなし》を聞《き》かされたんだ。

わたしには信《しん》じられなかったし、それきり、その話《はなし》はわすれていたんだが……。うちの近《ちか》くに、黒《くろ》い魔物《まもの》があらわれたり、小《ちい》さい子《こ》が、さらわれそうになったりしたと聞《き》いて、あの話《はなし》と同《おな》じだと、気《き》づいたんだよ。」

「あなた。それじゃ、うちの緑《みどり》がさらわれると、いうのですか。」

お母《かあ》さんが、びっくりして、いいました。

「うん。だから、くれぐれも、緑《みどり》から目《め》をはなしてはいけないよ。なるべく、外《そと》にも出《だ》さないようにさえすれば、心配《しんぱい》することはない。」

お父《とう》さんは、始《はじめ》くんたちを安心《あんしん》させるように、いいました。

「でも、お父《とう》さん。相手《あいて》は、魔法使《まほうつか》いみたいなやつですよ。だれか、

＊上海《シャンハイ》…中国《ちゅうごく》にある商工業都市《しょうこうぎょうとし》。貿易《ぼうえき》の港《みなと》として発達《はったつ》した。

ほかに助《たす》けをたのんだらどうでしょうか。」

「助《たす》けをたのむって、だれにだい。まだ何《なに》も起《お》きていないんじゃ、警察《けいさつ》だって、相手《あいて》にしてくれないよ。」

お父《とう》さんは、ざんねんそうにいいました。そこで始《はじめ》くんが、

「探偵《たんてい》の明智小五郎《あけちこごろう》さんにたのんだらどうでしょう。あそこには、少年助手《しょうねんじょしゅ》の小林《こばやし》さんもいますし、それにぼくたちだって……。」

そこまでいったとき、床《とこ》の間近《まちか》くのしょうじまどが開《あ》きました。

そしてその間《あいだ》から、真《ま》っ黒《くろ》な手《て》が、ニューッとのびてきたのです。

アッと思《おも》ったときには、黒《くろ》い手《て》は、宝玉《ほうぎょく》を箱《はこ》ごとわしづかみにし、しょうじのすき間《ま》に引《ひ》っこんでしまいました。

あまりの早《はや》わざ、大《だい》たんな犯行《はんこう》に、三人《にん》とも、何《なに》もできませんで

した。でも、すぐにわれにかえったお父《とう》さんが、さけびました。
「今井《いまい》くん、今井《いまい》くん、すぐ来《き》てくれ！ くせ*者《もの》があらわれた。」
今井《いまい》くんというのは、篠崎家《しのざきけ》に住《す》みこんで、はたらきながら勉強《べんきょう》

*くせ者《もの》…悪者《わるもの》。あやしい人《ひと》。また、ゆだんのできない人《ひと》。

している書生《しょせい》＊1さんです。そこへ、お母《かあ》さんがうわずった＊2声《こえ》で、

「あなた、それより緑《みどり》に、もしものことがあったら……。」

「そうだ、緑《みどり》はぶじか？」

お父《とう》さんもハッとして、あわてて、緑《みどり》ちゃんのねている部屋《へや》のふすまを開《ひら》きました。幸《さいわ》い、緑《みどり》ちゃんはすやすやとねむっています。

そこへ書生《しょせい》の今井青年《いまいせいねん》がかけつけて、庭《にわ》へにげた犯人《はんにん》を、お父《とう》さんとともに、さがすことになりました。始《はじめ》くんもあとにつづきます。

すると、それらしい黒《くろ》い人《ひと》かげが、走《はし》っていきます。三人《にん》であとを追《お》いましたが、あるときふいっと、すがたが見《み》えなくなりました。

そのあといくらさがしても、見《み》つかりません。警察《けいさつ》に知《し》らせ、おまわりさんがかけつけましたが、庭《にわ》にはだれもいませんでした。

あの黒《くろ》い人《ひと》かげは、やはり「黒《くろ》い魔物《まもの》」——自由《じゆう》にすがたを消《け》すことのできる化《ば》け物《もの》か、それとも、魔法使《まほうつか》いなのでしょうか。

あくる日《ひ》から、篠崎家《しのざきけ》はげんじゅうに見《み》はられることになりました。黒《くろ》い魔物《まもの》は、次《つぎ》に、緑《みどり》ちゃんをねらうにちがいないからです。

でも、相手《あいて》は黒《くろ》い魔物《まもの》です。どんなに用心《ようじん》しても、どこからスルリとしのびこんでくるかしれません。

「お父《とう》さん、お父《とう》さん。ちょっとぼくに考《かんが》えがあるんですが。」

学校《がっこう》から帰《かえ》ってきた始《はじめ》くんが、お父《とう》さんにそっと声《こえ》をかけたのは、そんな心配《しんぱい》と不安《ふあん》のさなかのことでした。

「夕《ゆう》べ、いいかけたことなんだけど、あのね……。」

＊1書生《しょせい》…物語《ものがたり》の時代《じだい》、日本での学生《がくせい》のよび方《かた》。学問《がくもん》を身《み》につけるために勉強《べんきょう》をしている人《ひと》。とくにわかい人《ひと》。＊2うわずる…声《こえ》の調子《ちょうし》が高《たか》くなる。落《お》ちつかなくなる。

始《はじめ》くんは、お父《とう》さんの耳《みみ》に口《くち》をよせると、あることをささやきました。すると、お父《とう》さんは、こういって深《ふか》くうなずいたのでした。

「うむ。そうするしかないか……。わかった、まかせよう。」

3 人《ひと》さらい

その日《ひ》の夕方近《ゆうがたちか》く、篠崎家《しのざきけ》に二人《ふたり》のお客《きゃく》がありました。中学生《ちゅうがくせい》くらいと、それより年《とし》下《した》の、水兵服《すいへいふく》を着《き》た男《おとこ》の子《こ》二人《ふたり》です。二人《ふたり》は、篠崎家《しのざきけ》のきょうだいと楽《たの》しく遊《あそ》んでいるようでしたが、しばらくすると、

「さようなら、またね。」

という始《はじめ》くんに送《おく》られて、三人《にん》でげんかんにあらわれました。門《もん》の外《そと》には自動車《じどうしゃ》が止《と》まっており、そのそばには、書生《しょせい》の今井青《いまいせい》年《ねん》が立《た》っていて、いっしょに自動車《じどうしゃ》に乗《の》りこみました。

その間《あいだ》に、始《はじめ》くんは家《いえ》の中《なか》にもどったのですが……なんとそこには、今《いま》、自動車《じどうしゃ》に乗《の》っていったはずの水兵服《すいへいふく》の少年《しょうねん》がいたのです！

「フーッ、もういいかい。家《いえ》の中《なか》では、身《み》をかがめていなくてもいいからよかったけど、やっぱりきんちょうするね。」

ぼうしを取《と》るなり、いったのは、あの羽柴壮二《はしばそうじ》くんでした。二十面相《めんそう》をわなにかけ、そのせいで、さらわれた壮二《そうじ》くんだったのです。

「あの自動車《じどうしゃ》には、これと同《おな》じ服《ふく》を着《き》た、緑《みどり》ちゃんが乗《の》っているとは、さすがの黒《くろ》い魔物《まもの》も気《き》づかないだろう。」

壮二《そうじ》くんがいうと、始《はじめ》くんがにっこりとして答《こた》えました。

「しかも、ぼくたちのたのもしい団長《だんちょう》が、いっしょなんだからね！」

――あの事件《じけん》のあと、壮二《そうじ》くんは明智探偵事務所《あけちたんていじむしょ》に、小林芳雄少《こばやしよしおしょう》年《ねん》をたずねました。ダイヤを取《と》りかえし、観音像《かんのんぞう》をぬすむのをふせいでくれたお礼《れい》をいうためでしたが、目的《もくてき》はもう一《ひと》つありました。

それは「少年探偵団《しょうねんたんていだん》」を結成《けっせい》したい、ということでした。すっかり、小林少年《こばやししょうねん》をそんけいした壮二《そうじ》くんは、自分《じぶん》もああなりたい、という考《かんが》えを、友《とも》だちに話《はな》したところ、たちまち仲間《なかま》が集《あつ》まりました。

団長《だんちょう》は、もちろん小林少年《こばやししょうねん》です。そして、何《なに》かあったら、協力《きょうりょく》しあおうと決《き》めた矢先《やさき》に、「黒《くろ》い魔物《まもの》」の事件《じけん》が起《お》きたのでした。

養源寺《ようげんじ》でこわい目《め》にあった桂正一《かつらしょういち》くんは、学校《がっこう》はべつですが壮二《そうじ》くんのいとこでした。それで友《とも》だちの篠崎始《しのざきはじめ》くんと入団《にゅうだん》したのです。妹《いもうと》の緑《みどり》ちゃんを、守《まも》らねばならないと考《かんが》えた始《はじめ》くんは学校帰《がっこうがえ》りに、明智探偵事務所《あけちたんていじむしょ》に立《た》ちより、そこにいた小林少年《こばやししょうねん》に話《はなし》をしました。

小林少年《こばやししょうねん》が、ただちに立《た》てた作戦《さくせん》は、次《つぎ》のようなものでした。

「とにかく、相手《あいて》は妹《いもうと》の緑《みどり》ちゃんをさらおうと、きみの家《いえ》をねらっているだろうから、こっそりよそへうつしてしまおう。緑《みどり》ちゃんがよろこんで行《い》きたがるような、親《しん》せきの家《いえ》があればいいね。」

「それなら、おばさんで、ちょうどいい人《ひと》がいます。」

「じゃあ、こうしよう。ぼくが友《とも》だちのふりをして、きみの家《いえ》に遊《あそ》びに行《い》く。そのときぼくは、男《おとこ》の子《こ》を一人《ひとり》つれていく。家《いえ》に着《つ》い

たら、緑《みどり》ちゃんに男《おとこ》の子《こ》と同《おな》じ服《ふく》を着《き》せ、ぼくといっしょに家《いえ》を出《で》る。そして、自動車《じどうしゃ》でおばさんのうちへ――というわけさ。」

始《はじめ》くんが家《いえ》に帰《かえ》り、お父《とう》さんとお母《かあ》さんに相談《そうだん》したところ、

「わかった。わたしも、緑《みどり》をどこかに、あずけたほうがいいと思《おも》っていたんだが、どうすれば見《み》つからないかとなやんでいたんだ。」

お父《とう》さんは、承知《しょうち》してくれました。お母《かあ》さんは心配顔《しんぱいがお》でたずねま

した。

「でも、緑《みどり》と入《い》れかわってくれる男《おとこ》の子《こ》はいるの？　ああ、あなたの同級生《どうきゅうせい》の桂正一《かつらしょういち》くんも、少年探偵団《しょうねんたんていだん》の仲間《なかま》だったわね。」

「桂《かつら》くんは、すもうの選手《せんしゅ》になるくらいだから、体《からだ》つきがちがいすぎますよ。でも、だいじょうぶ。たのもしい子《こ》が一人《ひとり》います。」

それが羽柴壮二《はしばそうじ》くんだったのです。壮二《そうじ》くんは小《こ》がらですが、なるべく身《み》をかがめ、手足《てあし》をちぢめて、さらに小《ちい》さいふりをします。

緑《みどり》ちゃんは、ぼうしに女《おんな》の子《こ》のかみをかくし、大《おお》きめの水兵服《すいへいふく》を着《き》、あげぞこのくつをはいて、少《すこ》しでも大《おお》きく見《み》せかけました。

そして作戦《さくせん》は、見事《みごと》に成功《せいこう》した、ように見《み》えたのですが……。

4 銀色《ぎんいろ》のメダル

小林少年《こばやししょうねん》と緑《みどり》ちゃんを乗《の》せた自動車《じどうしゃ》は、かなりのスピードで走《はし》っていきました。前《まえ》の席《せき》には、運転手《うんてんしゅ》さんと今井青年《いまいせいねん》が乗《の》っています。

もう安心《あんしん》なはずでしたが、小林少年《こばやししょうねん》はへんなことに気《き》づきました。

おばさんの家《いえ》に行《い》くなら、もっとにぎやかな通《とお》りを走《はし》るはずです。

なのに、まどの外《そと》のけしきは、どんどんさびしくなるばかりです。

「おや、運転手《うんてんしゅ》さん。方向《ほうこう》がちがってはいませんか？」

声《こえ》をかけましたが、二人《ふたり》とも、だまったままです。

「聞《き》こえないんですか、運転手《うんてんしゅ》さん。それに今井《いまい》さんも！」

小林少年《こばやししょうねん》は、運転手《うんてんしゅ》のかたをたたくと、大声《おおごえ》でいいました。すると、聞《き》いたことのないような、きみょうな声《こえ》と言《い》い方《かた》で、

「ウフフ……、ちゃんと聞《き》こえていますよ。」

答《こた》えるなり、前《まえ》の席《せき》の二人《ふたり》が、ひょいとふりかえりました。

「あっ……」と、小林少年《こばやししょうねん》はさけびそうになりました。ほんの十分《ぷん》前《まえ》には、たしかに運転手《うんてんしゅ》と今井青年《いまいせいねん》だっ

たはずが、今《いま》は、夜《よる》のやみのように真《ま》っ黒《くろ》で、目《め》と歯《は》を真《ま》っ白《しろ》くむきだした顔《かお》になっていました。

黒《くろ》い魔物《まもの》が、いつの間《ま》にか二人《ふたり》にすりかわっていたのです！

小林少年《こばやししょうねん》は、緑《みどり》ちゃんを右《みぎ》のわきにかかえ、左手《ひだりて》でドアの取《と》っ手《て》をつかみました。緑《みどり》ちゃんをかばって、とびおりるつもりでした。

左側《ひだりがわ》のドアが大《おお》きく開《ひら》き、そこからとびだそうとしたときです。前《まえ》の座席《ざせき》から、二ちょうのピストルがつきだされました。

「はい、女《おんな》の子《こ》からはなれて……。おかしなことをすると、ズドンといきますよ。ヒ、ヒ、ヒ。」

助手席《じょしゅせき》の黒《くろ》い魔物《まもの》が、おかしな言《い》い方《かた》で、あざわらいました。

小林少年《こばやししょうねん》は、仕方《しかた》なく緑《みどり》ちゃんを元《もと》のとおりすわらせました。

「さっさとドアをしめろ。よけいなことをするんじゃないよ。」

「わかった。」

小林少年《こばやししょうねん》はピストルを見《み》つめながら、ドアに左手《ひだりて》をのばしました。そのとき右手《みぎて》をポケットに入《い》れ、何《なに》かをつかみだしました。

それは、表面《おもてめん》にBD《ビィーディー》ときざまれた銀色《ぎんいろ》のメダルのような物《もの》で、三十まいほどありました。小林少年《こばやししょうねん》は、それらを左手《ひだりて》に持《も》ちかえると、ドアの取《と》っ手《て》をつかみそこねたふりをして、体《からだ》をよろけさせました。

「こらっ、何《なに》をしている。」

助手席《じょしゅせき》の黒《くろ》い魔物《まもの》が、どなったときには、小林少年《こばやししょうねん》はもうドアをしめおえていました。じつはこのとき、小林少年《こばやししょうねん》は、車《くるま》の外側《そとがわ》のステップ*に、さっきのメダルみたいな物《もの》をおいたのです。

メダルは、車《くるま》がゆれるにつれ、ブルブルふるえ、少《すこ》しずつずれていきました。ステップはゴムばりなので、メダルはなかなか落《お》ちません。やがて、一まい目《め》がポロリと転《ころ》げおち、道路《どうろ》にすいこまれました。つづいて二まい、三まいと、自動車《じどうしゃ》がスピードを上《あ》げたり、角《かど》を曲《ま》がったりするたびふりおとされて、なくなってしまいました。

自動車《じどうしゃ》が、町《まち》はずれの西洋館《せいようかん》に着《つ》いたのは、そのころでした。

「下《お》りろ。あの家《いえ》に入《はい》れ。」

と、命《めい》じられ、小林少年《こばやししょうねん》は、緑《みどり》ちゃんをかばって歩《ある》きました。そのとちゅう、小林少年《こばやししょうねん》は、またみょうなことをしました。

*ステップ……ふみ台《だい》。

歩《ある》きながら、メダルののこりを、地面《じめん》に落《お》としていったのです。さっきはメダル、今《こん》度《ど》もメダル。何《なに》か、意味《いみ》はあるのでしょうか。

「さあ、二人《ふたり》とも、ここに入《はい》れ。」

黒《くろ》い魔物《まもの》たちにそういわれ、小林少年《こばやししょうねん》と緑《みどり》ちゃんが放《ほう》りこまれたのは、真《ま》っ暗《くら》なあなぐらでした。

その少《すこ》し前《まえ》のことです。少年探偵団《しょうねんたんていだん》の団員《だんいん》たちが、丸々太《まるまるふと》った桂《かつら》正一《しょういち》くんを先頭《せんとう》に、そろって行動《こうどう》していました。

やってきたのは、正一《しょういち》くんが、黒《くろ》い魔物《まもの》を追《お》いかけて入《はい》りこんだ、養源寺《ようげんじ》でした。あの晩《ばん》、黒《くろ》い魔物《まもの》が消《き》えたなぞを解《と》くためです。

まだ明《あか》るい時間《じかん》でしたが、墓場《はかば》ですから、あまり気持《きも》ちよくはありません。ですから、草《くさ》むらから人間《にんげん》の足《あし》がつきでているのを見《み》つけたときには、みんなゾーッとしてしまいました。

おどろいたことに、草《くさ》むらの中《なか》にいたのは、二人《ふたり》のわかい男《おとこ》の人《ひと》でした。体《からだ》じゅうをぐるぐるとしばられ、さるぐつわ[*1]までされています。しかも、一人《ひとり》は服《ふく》をはがれ[*2]、下着《したぎ》だけのすがたなのです。

急《いそ》いでなわをといてやりましたが、服《ふく》をはがれたほうの人《ひと》を見《み》て、

＊1さるぐつわ…声《こえ》を立《た》てさせないように、ぬのなどを口《くち》にかませ、首《くび》の後《うし》ろでしばる物《もの》。＊2はぐ…着物《きもの》をぬがせてうばう。

桂正一《かつらしょういち》くんはアッと声《こえ》を上《あ》げました。

「あ、あなたは、篠崎《しのざき》くんの家《いえ》の書生《しょせい》さんじゃありませんか？」

それは小林少年《こばやししょうねん》たちといっしょに、自動車《じどうしゃ》に乗《の》ったはずの今井青《いまいせい》年《ねん》でした。もう一人《ひとり》は、篠崎家《しのざきけ》で、よくたのんでいる運転手《うんてんしゅ》でした。

今井青年《いまいせいねん》がいうには、こんなことがあったというのです。

「始《はじめ》くんのお父《とう》さんのいいつけで、自動車《じどうしゃ》をたのみに行《い》った帰《かえ》り、養源寺《ようげんじ》の前《まえ》で、ふく面《めん》の二人組《ふたりぐ》みにピストルでおどされ、しばられたんです。うち一人《ひとり》は、ぼくの服《ふく》をうばっていきました。」

知《し》らせをうけた篠崎家《しのざきけ》では、いっそう大《おお》さわぎになりました。

本物《ほんもの》の今井青年《いまいせいねん》と、運転手《うんてんしゅ》がここにいるということは、小林少年《こばやししょうねん》と緑《みどり》ちゃんと、同《おな》じ車《くるま》に乗《の》っていったのは、だれか。二人《ふたり》は、どこへ行《い》ったのか——お父《とう》さんとお母《かあ》さんは、もう真《ま》っ青《さお》でした。

そこには始《はじめ》くんと、服《ふく》を着《き》がえた羽柴壮二《はしばそうじ》くんがいて、何《なに》があったか話《はな》しました。そして、少年探偵団《しょうねんたんていだん》のみんなで、どうすればいいか話《はな》しあったのですが、その答《こた》えははっきりしていました。

「ぼくたちで自動車《じどうしゃ》をさがそう。そして二人《ふたり》をすくいだすんだ！」

そのやり方《かた》は、自動車《じどうしゃ》が走《はし》りさった道《みち》にそって進《すす》み、曲《ま》がり角《かど》や分《わ》かれ道《みち》に出《で》くわすたび、「こんな車《くるま》を見《み》ませんでしたか」と手分《てわ》けしてきいてまわり、それをくりかえすというものでした。

それは、ずいぶん気長《きなが》な作業《さぎょう》でした。けれど、間《ま》もなく少年探偵《しょうねんたんてい》団《だん》は、きちょうな手《て》がかりを見《み》つけることができたのでした……。

そのころ小林少年《こばやししょうねん》と緑《みどり》ちゃんは、たいへんな目《め》にあっていました。

この前《まえ》の二十面相《めんそう》のかくれ家《が》とちがい、まど一《ひと》つない、あなぐら。

しかも、今日《きょう》は探偵《たんてい》の七《なな》つ道具《どうぐ》を持《も》ってきていないのです。

「緑《みどり》ちゃん、心配《しんぱい》はいらないよ。今《いま》に警察《けいさつ》のおじさんが助《たす》けに来《き》てくれるし、ぼくもついている。さあ、なかないで。いい子《こ》だね。」

小林少年《こばやししょうねん》になだめられ、はげまされて、さいしょはメソメソしてばかりだった緑《みどり》ちゃんも、しだいに元気《げんき》を取《と》りもどしました。

そのとき、上《うえ》のほうで音《おと》がしました。見《み》ると、天《てん》じょうに小《ちい》さなあなが開《あ》き、そこから太《ふと》いくだが、さしこまれたようです。

おや、あれはなんだろう——と、小林少年《こばやししょうねん》が目《め》をこらしていると、
とつぜん、そのくだから白《しろ》いものが、ドッとふきだしてきました。

水《みず》です。大量《たいりょう》の水《みず》が、滝《たき》のようにふってきたのです！

小林少年《こばやししょうねん》は緑《みどり》ちゃんをだくと、水《みず》しぶきをさけて、すみににげました が、水《みず》はたちまちそこにたまり、どんどんかさをましました。*

さいしょは足《あし》の指《ゆび》あたり、次《つぎ》にくるぶし、足首《あしくび》、ふくらはぎ、そしてひざ、こし、ついには、むね！

小林少年《こばやししょうねん》は、緑《みどり》ちゃんを高《たか》くさしあげましたが、やがては小林少《こばやししょう》年《ねん》の口《くち》に水《みず》が入《はい》り、顔《かお》がしずむことでしょう。そうなったら……、二人《ふたり》はいったいどうなってしまうのでしょうか。

＊かさをます…物《もの》の大《おお》きさや量《りょう》がふえること。

5 少年捜索隊《しょうねんそうさくたい》

「おーい、こっちで一《ひと》つ見《み》つかったぞ！」

「こっちにもあったよ。それに、あっちにも！」

町《まち》はずれの道《みち》に、少年探偵団員《しょうねんたんていだんいん》の声《こえ》がひびいていました。

篠崎始《しのざきはじめ》くんも桂正一《かつらしょういち》くんも、羽柴壮二《はしばそうじ》くんも懐中電灯《かいちゅうでんとう》を手《て》に、地《じ》面《めん》を見《み》つめています。かれらがさがしているのは、BD《ビーディー》——英語《えいご》のボーイ＊1と、ディテクティブ＊2の頭文字《かしらもじ》＊3をきざんだメダルで、これは少《しょう》年探偵団員《ねんたんていだんいん》のバッジなのでした。

このBD《ビーディー》バッジは、むねにつけるほか、石《いし》つぶて＊4のかわりに投《な》げ

＊1ボーイ…Ｂｏｙ。英語《えいご》で少年《しょうねん》という意味《いみ》。＊2ディテクティブ…Ｄｅｔｅｃｔｉｖｅ。英語《えいご》で探偵《たんてい》という意味《いみ》。＊3頭文字《かしらもじ》…ローマ字《じ》で、文章《ぶんしょう》や名前《なまえ》のさいしょの大文字《おおもじ》。イニシャル。＊4つぶて…投《な》げるための小石《こいし》。

たり、うらはやわらかいので、ナイフで文字《もじ》をきざんだりすることもできます。道《みち》におけば、あとから来《く》る者《もの》の目《め》じるしにできるのです。

そのために、ふだんから、たくさん持《も》ち歩《ある》いているのですが、篠崎《しのざき》くんたちは、道《みち》ばたで、まずその一こを見《み》つけてハッとしました。

調《しら》べると、あちこちからB《ビー》

D《ディー》バッジが見《み》つかりました。そう、小林少年《こばやししょうねん》は、そのためにバッジを、自動車《じどうしゃ》のステップにおいたのです。

みんなは、小林団長《こばやしだんちょう》がのこした道《みち》しるべに気《き》づきました。そして、かれらが向《む》かう先《さき》には、あの西洋館《せいようかん》が立《た》っているのでした。

小林少年《こばやししょうねん》と緑《みどり》ちゃんのいるあなぐらに、水《みず》は、はげしくふりそそいでいました。とうとう、背《せ》のびしても足《あし》が立《た》たなくなりました。

小林少年《こばやししょうねん》は、緑《みどり》ちゃんをだいたまま、泳《およ》ぎはじめましたが、水《みず》はつめたく、体《からだ》はどんどん重《おも》く、つかれてきました。

たとえ、このまま泳《およ》ぎつづけられたとしても、もし水《みず》が天《てん》じょうまでたまってしまったら、どうなってしまうのでしょうか……。

小林団長《こばやしだんちょう》のＢＤ《ビーディー》バッジが、西洋館《せいようかん》の門《もん》からげんかんにかけて、何《なん》こも落《お》ちているのを見《み》つけた始《はじめ》くん、壮二《そうじ》くん、正一《しょういち》くんらは、小《こ》林少年《ばやししょうねん》と緑《みどり》ちゃんがとらわれているのは、ここだと気《き》づきました。

「早《はや》く、二人《ふたり》を助《たす》けなくっちゃ。」

「だけど、どうする？」

「うらへ回《まわ》って、まどからのぞいてみよう。」

表門《おもてもん》に二人《ふたり》のこし、うらに回《まわ》ると二階《かい》のまどに明《あ》かりがついています。なわばしごを投《な》げようとしましたが、音《おと》で気《き》づかれそうです。

そこで、まず体《からだ》の大《おお》きな正一《しょういち》くんが、かべに両手《りょうて》をつけてふんばり、その上《うえ》に始《はじめ》くん、その上《うえ》に壮二《そうじ》くんが乗《の》りました。そうして三人《にん》が体《からだ》をのばすと、壮二《そうじ》くんの頭《あたま》が、まどと同《おな》じ高《たか》さになりました。

壮二《そうじ》くんがのぞくと、そこは世《よ》にもふしぎな部屋《へや》でした。かべには、神様《かみさま》とも悪魔《あくま》ともわからない絵《え》がかかり、前《まえ》におかれた器《うつわ》から、むらさき色《いろ》のけむりが上《あ》がっていました。

そして、部屋《へや》の真《ま》ん中《なか》には、あの黒《くろ》い魔物《まもの》が二人《ふたり》、おとぎ話《ばなし》のさし絵《え》にあるような衣《い》しょうを着《き》て、絵《え》をおがんでいるのです。

地面《じめん》に下《お》りた壮二《そうじ》くんが、今見《いまみ》たことを説明《せつめい》すると、いよいよここが、黒《くろ》い魔物《まもの》の*根城《ねじろ》とわかりました。

いっそ、このまま少年探偵団《しょうねんたんていだん》でつっこむか。でも、今《いま》は小林団長《こばやしだんちょう》と緑《みどり》ちゃんをすくうのが先《さき》です。警察《けいさつ》と篠崎家《しのざきけ》に知《し》らせに走《はし》り、そこで、のこった団員《だんいん》たちで見《み》はりをつづけることにしました。

間《ま》もなく、明智探偵《あけちたんてい》や小林少年《こばやししょうねん》とも知《し》り合《あ》いの、中村警部《なかむらけいぶ》がかけ

＊根城《ねじろ》…仕事《しごと》や活動《かつどう》などの中心《ちゅうしん》となる場所《ばしょ》。

つけたのですが……、二人《ふたり》は、ぶじでいてくれるでしょうか。

「警視庁《けいしちょう》の者《もの》だ。すぐここを開《あ》けなさい！」

部下《ぶか》をしたがえた中村警部《なかむらけいぶ》が、西洋館《せいようかん》のドアをたたきました。少《すこ》しはなれて、少年探偵団《しょうねんたんていだん》のみんなが、なりゆきを見守《みまも》っています。

やがてあらわれたのは、三十歳《さい》くらいの美《うつく》しい顔立《かおだ》ちの男《おとこ》の人《ひと》でした。その人《ひと》は、警部《けいぶ》たちを見《み》ると、かえって安心《あんしん》したようにいいました。

「ああ、警察《けいさつ》のかたですか。ちょうどよかった。こちらから電話《でんわ》して、来《き》てもらおうと思《おも》っていたところです。さあ、どうぞ。」

警部《けいぶ》たちが中《なか》に入《はい》ると、男《おとこ》の人《ひと》は、さらにこういうのでした。

「ぼくは春木《はるき》といいまして、ここで*執事《しつじ》と二人《ふたり》で住《す》んでいます。それでは広《ひろ》すぎますので、外国人二人《がいこくじんふたり》に部屋《へや》をかしているのです。」

「外国人《がいこくじん》が二人《ふたり》、ですか。」

中村警部《なかむらけいぶ》はハッとして、いいました。春木氏《はるきし》がうなずきます。

「そうなんです。まさか、あいつらが、あんな悪《わる》いやつらとは……とにかく、こちらに来《き》てください。」

そういって、案内《あんない》された部屋《へや》で、警部《けいぶ》はびっくりしました。

そこのベッドでは緑《みどり》ちゃんがねむり、まくら元《もと》では、ガウンを着《き》た小《こ》

＊執事《しつじ》…主人《しゅじん》にかわり仕事《しごと》をとりおこなう役目《やくめ》。また、その役目《やくめ》の人《ひと》。

林少年《ばやししょうねん》が、つかれたようすで、いすにかけていたからです。

「小林《こばやし》くん、これはいったい、どうしたんだ。」

警部《けいぶ》にきかれて、小林少年《こばやししょうねん》は、これまでのことを話《はな》しました。

「……それで、もうだめかと思《おも》ったときに、この春木《はるき》さんが、おぼれかかったぼくたちを見《み》つけて、助《たす》けてくださったんです。」

すると春木《はるき》さんは、うなずいて、いいました。

「ぼくは朝《あさ》から出《で》かけていて、帰《かえ》ってきて執事《しつじ》をさがすと、台所《だいどころ》でしばられて、転《ころ》がされていたものですから、びっくりしました。なわをほどいて話《はなし》をきくと、うちで下宿《げしゅく》している外国人《がいこくじん》が急《きゅう》に帰《かえ》ってきて、いきなりおそってきたというのです。しかも、かれらは子《こ》ども二人《ふたり》をつれてきて、あなぐらにとじこめたというのです。

へんな水音《みずおと》もしますし、見《み》に行《い》ったら、この二人《ふたり》がおぼれているじゃありませんか。それで、あわててすくいだしたんです。」

「そういうことでしたか。で、外国人《がいこくじん》はどこへ行《い》ったのですか。」

「さあ……ぼくが帰《かえ》ったときには、いませんでした。なんでしたら、警察《けいさつ》のみなさんで、調《しら》べなおしていただいてかまいません。」

そこで警部《けいぶ》たちは、建物《たてもの》のすみずみまで調《しら》べたのですが、何《なに》も見《み》つけることはできませんでした。そう聞《き》かされたとき、少年探偵団《しょうねんたんていだん》のみんなはびっくりしました。あの二人《ふたり》がにげたのならそのようすを目《め》にしないはずはないからでした。

やはり、かれらは魔法使《まほうつか》いなのでしょうか。またしても、とつぜん消《き》えたり、あらわれたりするマジックを使《つか》ったのでしょうか。

6 四《よっ》つのなぞ

その二日後《ふつかご》、すっかり元気《げんき》を取《と》りもどした小林芳雄少年《こばやしよしおしょうねん》に、何《なに》よりうれしい出来事《できごと》がありました。名探偵《めいたんてい》・明智小五郎《あけちこごろう》がある地方《ちほう》での事件《じけん》を見事《みごと》に解決《かいけつ》し、事務所《じむしょ》にもどってきたのです。

「小林《こばやし》くん、ぼくの留守中《るすちゅう》はご苦労《くろう》だったね。いろいろ、たいへんだったみたいだが、篠崎家《しのざきけ》の事件《じけん》について聞《き》かせてくれないか。」

明智探偵《あけちたんてい》にそうきかれたものですから、小林少年《こばやししょうねん》は「黒《くろ》い魔物《まもの》」事件《じけん》について、知《し》っていることとすべてを報告《ほうこく》しました。

明智小五郎《あけちこごろう》は、そのあとしばらく目《め》をとじて、考《かんが》えこみました。

「なるほど……。この事件《じけん》には、数《かず》かずのふしぎがあって、目《め》をうばわれがちだが、どうにもおかしな点《てん》が、いくつかあるね。」

「おかしな点《てん》……ですか。」

「そう。一《ひと》つ目《め》は、黒《くろ》い魔物《まもの》があちこちで、人々《ひとびと》をおどろかせたことだ。目的《もくてき》は、篠崎家《しのざきけ》から宝玉《ほうぎょく》をぬすみ、緑《みどり》という女《おんな》の子《こ》をさらうことだろう。どうして、そんなことをするひつようがあったんだ。

しかも、二度《ど》も人《ひと》ちがいをしている。はるばる遠《とお》い国《くに》から、宝《ほう》玉《ぎょく》の持《も》ち主《ぬし》をつきとめて、やってきたにしては、ゆうかいする相《あい》手《て》の顔《かお》も知《し》らないなんて、ずいぶんいいかげんじゃないか。」

「そうですね。『黒《くろ》い魔《ま》物《もの》』なんてあだ名《な》がつくほど、世《せ》間《けん》をさわがせたら、仕《し》事《ごと》がやりにくくなるだけですものね。」

「だろう？　二《ふた》つ目《め》は、黒《くろ》い魔《ま》物《もの》が西《せい》洋《よう》館《かん》から消《き》えたことだが、少《しょう》年《ねん》探《たん》偵《てい》団《だん》のみんなは、ちゃんと外《そと》で見《み》はっていたんだね？」

「はい。しっかりした子《こ》ばかりですから、見《み》落《お》としはないはずです。黒《くろ》い魔《ま》物《もの》だけでなく、出《で》入《はい》りした者《もの》はいませんでした。」

「だとすると、おかしなことになるね。主《しゅ》人《じん》の春《はる》木《き》さんは、いつ、帰《かえ》ってきたんだろう。どうやって家《いえ》に入《はい》ったんだろう。」

「それは、篠崎《しのざき》くんたちが見《み》はりを始《はじ》める前《まえ》に……。あっ！」

「そう。春木《はるき》さんは『帰《かえ》ったら下宿人《げしゅくにん》がいなくなっていた』といっている。でも、羽柴《はしば》くんは二階《かい》にかれらがいるのを見《み》た。つまり、見《み》はりを始《はじ》めたあと、春木《はるき》さんは帰《かえ》ってきたことになる。」

「た、たしかに、それはおかしいですね。」

「三《みっ》つ目《め》……、その前《まえ》に質問《しつもん》だが、きみと緑《みどり》ちゃんが車《くるま》に乗《の》るとき、書生《しょせい》の今井青年《いまいせいねん》のほかに、そばにいた者《もの》はいるかね？」

「いえ……、篠崎始《しのざきはじめ》くんは、げんかんで見送《みおく》ってくれましたし、かれのお父《とう》さんお母《かあ》さんも、家《いえ》の中《なか》におられましたから。」

「じっさいには、今井青年《いまいせいねん》は、お寺《てら》でしばられていたわけだから、そのときはすでに、にせ者《もの》だった。そのにせ今井《いまい》を間近《まぢか》で見《み》たのは、かれとはじめて会《あ》った、きみだけだった……。」

「つまり、ぼくだから、かんたんにだませたんですね。」

「まあ、仕方《しかた》がないさ。すると、今井青年《いまいせいねん》の正体《しょうたい》は黒《くろ》い魔物《まもの》だったのか。とはいえ、かれらが日本人《じん》に変装《へんそう》するのは、それこそ魔法《まほう》でもないと無理《むり》だろう。でも、ぎゃくならどうだろう。」

「ぎゃくって、どういうことですか、明智先生《あけちせんせい》。」

「うむ。ではまた質問《しつもん》だ。車《くるま》の中《なか》で、今井青年《いまいせいねん》と運転手《うんてんしゅ》はどんなふうだったね。後《うし》ろからなら、首《くび》すじがよく見《み》えたはずだが……。」

「いえ、見《み》たおぼえがありませんね。なぜだろう……。あっ、二人《ふたり》ともぼうしをあみだ[*1]にかぶり、服《ふく》のえりを立《た》てていたからだ！」

「よくおぼえていたね。二人《ふたり》とも首《くび》すじをかくしていたとは、おも

しろい。それを三《みっ》つめの疑問《ぎもん》にしよう。最後《さいご》に、黒《くろ》い魔物《まもの》たちは、なぜ緑《みどり》ちゃんを殺《ころ》さなかったのか。」

「えっ、先生《せんせい》。ぼくらはあやうく、おぼれ死《じ》にしかけたんですよ！」

「本気《ほんき》で殺《ころ》すつもりにしては、*2ずさんだということだよ。かれらは執事《しつじ》をしばったが、春木《はるき》さんには何《なに》もしなかった。げんに、きみたちは、春木《はるき》さんに助《たす》けられたろう？　つまり、すべては見《み》せかけだったのだよ。ハ

＊1あみだにかぶる…ぼうしなどを、後《うし》ろ下《さ》がりにかぶること。　＊2ずさん…計画《けいかく》や仕事《しごと》のやり方《かた》がいいかげんで、おちが多《おお》いこと。

ハハ……。」

明智探偵《あけちたんてい》はゆかいそうにわらいましたが、小林少年《こばやししょうねん》には、まだよくのみこめません。そこで、明智《あけち》はさらにいいました。

「どうだい、この四《よっ》つのなぞをじっくり考《かんが》えてみては。そうしたら、きっと思《おも》いもよらない真相《しんそう》が見《み》えてくるよ。」

「やってみます……。あれっ、先生《せんせい》。今《いま》からお出《で》かけですか？」

小林少年《こばやししょうねん》は、背広《せびろ》を着《き》、ぼうしをかぶる明智《あけち》に目《め》を丸《まる》くしました。

「ああ、ぼくの考《かんが》えが正《ただ》しいか、ある人《ひと》に会《あ》ってたしかめてくるよ。そうだ。一《ひと》つヒントをあげよう。篠崎家《しのざきけ》と養源寺《ようげんじ》の位置《いち》を、地図《ちず》でたしかめてごらん。きっと、おもしろい発見《はっけん》があると思《おも》うよ。」

明智《あけち》が出《で》かけたあとに調《しら》べてみると、歩《ある》きや自動車《じどうしゃ》で行《い》くときには、グルッと道路《どうろ》を回《まわ》っていかねばならず、町名《ちょうめい》もちがう二《ふた》つの場《ば》所《しょ》が、じつは背中合《せなかあ》わせにくっついていることがわかりました。

そして、そのことの意味《いみ》に気《き》づいたとき、小林少年《こばやししょうねん》は「あっ、そういうことだったのか！」とさけんでしまったのでした。

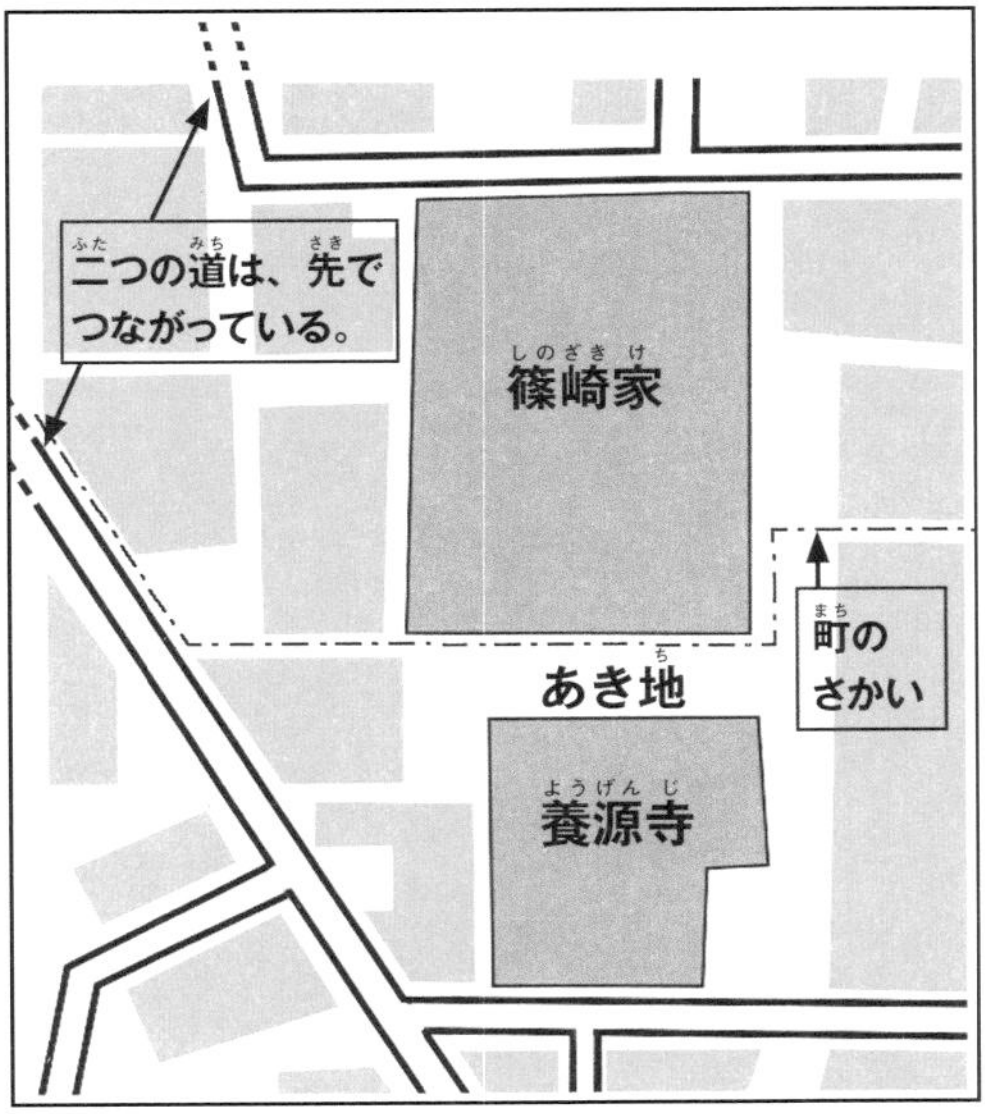

7 悪魔《あくま》の昇天《しょうてん》

「有名《ゆうめい》な名探偵《めいたんてい》・明智小五郎《あけちこごろう》が、まさかわが家《や》においでになるなんて、思《おも》いませんでしたよ。ささ、どうぞどうぞ。」

西洋館《せいようかん》の主人《しゅじん》、春木《はるき》さんは、にこやかに明智探偵《あけちたんてい》をむかえました。

「とにかく、あんな悪《わる》いやつらと知《し》っていたら、部屋《へや》をかすのではありませんでした。……ああ、そのお茶《ちゃ》はそこへおいてくれ。」

紅茶《こうちゃ》を持《も》ってきた執事《しつじ》に、春木《はるき》さんがいいました。執事《しつじ》がおじぎをして出《で》ていったあと、明智《あけち》が話《はな》しだしました。

「そのことですがね、ぼくは、外国人《がいこくじん》たちは何《なに》もしていないと思《おも》う

んですよ。というより、もともと、いなかったのではないかと。」
「どういうことです。二人《ふたり》は、うちに、ずっと住《す》んでいましたが。」
春木《はるき》さんは、意外《いがい》そうに答《こた》えました。

「これは、あなたが助《たす》けてくれた、うちの助手《じょしゅ》にも話《はな》したことなんですが、この事件《じけん》には、おかしなことが、多《おお》すぎるのですよ。

あちこちですがたを見《み》せて、人《ひと》をおどろかせたり、ちがう女《おんな》の子《こ》を、さらってみたり……。とにかく、やることが、あべこべなんですよ。」

「あべこべ、ですか……。ふうむ。」

「そう、わざと目立《めだ》つことばかりしている。いないものを、いるように見《み》せたいみたいに。だから、あべこべだというんですよ。」

明智《あけち》はにこにこしながら、いいましたが、このときへんなことがありました。

明智《あけち》の後《うし》ろにあるまどの上《うえ》から、さかさになった男《おとこ》の顔《かお》がニュッとつきでたのです。上下《じょうげ》あべこべの顔《かお》です。

見《み》ると、それは、さっきお茶《ちゃ》を運《はこ》んできた執事《しつじ》でした。春木《はるき》さんは、それを見《み》てもおどろきもせず、明智《あけち》との話《はなし》をつづけるのでした。

「でもあの二人組《ふたりぐ》みは、走《はし》る自動車《じどうしゃ》にとつぜんあらわれたそうじゃありませんか。そんな魔法使《まほうつか》いに、*1りくつは通《つう》じないでしょう。」

「あれは、ただの早《はや》わざですよ。にせの今井《いまい》青年《せいねん》と運転手《うんてんしゅ》が、後《うし》ろに気《き》づかれないよう、顔《かお》に*2すすのような黒《くろ》いものをぬりつける。これで黒《くろ》い魔物《まもの》のできあがり……。黒《くろ》くぬったところとのさかいを、ぼうしと服《ふく》のえりでかくすとは、念入《ねんい》りでしたね。」

「そんなばかばかしい……。なんで、そんなことまでするんです。」

「ばかばかしいからこそ、見《み》ぬけないこともありますよ。なぜ遠《とお》い

*1りくつ…物事《ものごと》のすじ道《みち》。はっきりと説明《せつめい》のつくわけ。　*2すす…けむりの中《なか》に入《はい》っている、ごく小《ちい》さな黒《くろ》いつぶ。

国《くに》から、黒《くろ》い魔物《まもの》がやってきたように見《み》せかけたか。それは、犯《はん》人《にん》がふつうの日本人《じん》だからです。

のろいではなく、ぬすみが目的《もくてき》だからです。最後《さいご》の最後《さいご》まで、正体《しょうたい》を、知《し》られたくなかったからです。」

「その正体《しょうたい》というのは……？」

「怪人《かいじん》二十面相《めんそう》ですよ。」

明智小五郎《あけちこごろう》は、きっぱりと、おどろくべき名前《なまえ》を口《くち》にしました。

「に、二十面相《めんそう》ですって？」

「そう、赤《あか》の他人《たにん》に化《ば》けられる盗賊《とうぞく》は、かれのほかにはいません。そして春木《はるき》さん、あなたが、その二十面相《めんそう》だっ。」

明智《あけち》の人《ひと》さし指《ゆび》が、春木《はるき》さんの顔《かお》につきつけられました。

「二十面相《めんそう》くん。きみと手下《てした》は、この館《やかた》の主人《しゅじん》と執事《しつじ》になりすましたり、黒《くろ》い魔物《まもの》に化《ば》けたりしていた。子《こ》どもたちが、出入《ではい》りした者《もの》を、見《み》なかったはずだよ。きみたちは、ずっと中《なか》にいたんだもの！

ここへ来《く》る前《まえ》に調《しら》べたんだが、じつはすぐ近《ちか》くにある篠崎家《しのざきけ》の庭《にわ》と養源寺《ようげんじ》の墓地《ぼち》の間《あいだ》には、ぬけあながほってある。そこから、あらわれたり消《き》えたりするなんて、きみでなければできないことだよ。」

「ほめてくれて、ありがとう。じゃあ、おれからもきみをほめてやろう。たった一人《ひとり》で、二十面相《めんそう》の根城《ねじろ》に乗《の》りこんでくるとは、大《たい》したものだねえ。だが、それを『むぼう』*というのさ。」

今《いま》や正体《しょうたい》をあらわした二十面相《めんそう》は、目《め》をらんらんとかがやかせ、異様《いよう》な顔《かお》つきで明智《あけち》につかみかかろうとするのでした。

「ハハハ……。ぼくがたった一人《ひとり》かどうか、ふりむいてごらんよ。」

明智《あけち》の言葉《ことば》に、二十面相《めんそう》が後《うし》ろを見《み》ると、いつの間《ま》にか開《ひら》かれたドアの向《む》こうには、中村警部《なかむらけいぶ》がひきいる警官隊《けいかんたい》が、ずらりとならんでいます。しかも、その後《うし》ろでぴょんぴょんとびはねながら、

「先生《せんせい》、見《み》つけましたよ、ここのかくし戸《と》だなから、あの宝玉《ほうぎょく》を！　この前《まえ》と同《おな》じような場所《ばしょ》だから、すぐわかりました。」

箱《はこ》を手《て》にさけんでいるのは、小林少年《こばやししょうねん》でした。

「ちくしょう！　やりやがったな！」

二十面相《めんそう》は、真《ま》っ赤《か》な顔《かお》でどなると、まどにかけよりました。

＊むぼう…よく考《かんが》えずに、物事《ものごと》をおこなうこと。むちゃ。

しかし、外《そと》はすでに何十人《なんじゅうにん》もの警官《けいかん》が取《と》りかこんでいます。

このまま、つかまってしまうのかと思《おも》ったら、なんと二十面相《めんそう》は、下《した》にとびおりるのではなく、上《うえ》へと身《み》をおどらせたのです。

明智探偵《あけちたんてい》が、まどぎわからのぞくと、二十面相《めんそう》は屋根《やね》の上《うえ》からのびたロープをつかんで、スルスルと上《のぼ》っていきます。

屋根《やね》のてっぺんには、手下《てした》の執事《しつじ》がいて、ロープを引《ひ》っぱりあげていました。

さっき執事《しつじ》が、さかさの顔《かお》をのぞかせたのは、この合図《あいず》でした。とはいえ、まわりは警官《けいかん》でびっしり。そこへ、中村警部《なかむらけいぶ》のたのみで消防車《しょうぼうしゃ》がかけつけ、屋根《やね》にはしごをかけました。警官《けいかん》たちがそれをぞくぞくと上《のぼ》っていき、二十面相《めんそう》と手下《てした》を取《と》りかこみました。

「二十面相《めんそう》、もうにげられんぞ。いさぎよく、つかまるがいい。」

そうさけんだ中村警部《なかむらけいぶ》に、二十面相《めんそう》は高《たか》わらいしてみせました。

「ワハハ……、つかまってたまるものか。二十面相《めんそう》は魔法使《まほうつか》いだ。決《けっ》して、つかまりはしないんだよ。おい、明智小五郎《あけちこごろう》はいるか。

おれにしかできない脱出方法《だっしゅつほうほう》がわかれば、あててみろ！」

二十面相《めんそう》がさけぶのと同時《どうじ》に、警部《けいぶ》が、

「かかれっ！」

と、号令《ごうれい》し、警官隊《けいかんたい》がとびかかりました。でも、そこにはだれもいなかったのです。

ちょうどそのとき、地上《ちじょう》からまばゆい光《ひかり》が放《はな》たれました。これも、警部《けいぶ》がたのんだサーチライト車《しゃ》が、かけつけてくれたのです。

その光《ひかり》がてらしだしたものに、だれもがどぎもをぬかれました。

空中《くうちゅう》に、二十面相《めんそう》と手下《てした》がフワフワういているのです。まるで＊1昇天《しょうてん》するかのように……。

その少《すこ》し上《うえ》に、巨大《きょだい》な黒《くろ》くて丸《まる》い物《もの》が見《み》えました。＊2気球《ききゅう》です。

＊1昇天《しょうてん》…天高《てんたか》くのぼること。　＊2気球《ききゅう》…ここでは、丸《まる》くて大《おお》きなふくろに、ガスなど、空気《くうき》より軽《かる》い気体《きたい》を入《い》れてうかばせ、空中《くうちゅう》をとぶ乗《の》り物《もの》のこと。

夜《よる》のやみにまぎれるよう、真《ま》っ黒《くろ》にぬられた気球《ききゅう》で、二十面相《めんそう》たちは、そこからつりさげられた、かごに乗《の》っているのでした。

「二十面相《めんそう》のやつ、あんなものを用意《ようい》していたのか……。」

さすがの明智小五郎《あけちこごろう》も、夜空《よぞら》を見上《みあ》げながら、つぶやかずにはいられませんでした。と、そのとき、小林少年《こばやししょうねん》がいいました。

「何《なに》してるんですか、早《はや》く二十面相《めんそう》を追《お》いかけましょう！」

見《み》ると、かれの後《うし》ろには、この大捕《*おおと》り物《もの》にかけつけた少年探偵団《しょうねんたんていだん》が、せいぞろいしているではありませんか。そのようすに、ぼうぜんとしていた大人《おとな》たちも、われに返《かえ》ったようでした。

「よし、行《い》こう！　かならず、あいつをたいほしてみせるぞ。」

明智探偵《あけちたんてい》が、力強《ちからづよ》くいいました。それを受《う》けて、

「先生《せんせい》、ぼくらにも、てつだわせてください！」

少年探偵団《しょうねんたんていだん》のみんなが声《こえ》を上《あ》げ、いっせいにかけだします。そこ

へ、警察自動車《けいさつじどうしゃ》が次々《つぎつぎ》と、止《と》まったかと思《おも》うと、

「おい、乗《の》りたまえ。まったく、むちゃなことをするなあ。」

まどから、顔《かお》を出《だ》したのは、中村警部《なかむらけいぶ》でした。明智探偵《あけちたんてい》や小林少年《こばやししょうねん》、そして篠崎《しのざき》くんや桂《かつら》くん、羽柴《はしば》くんたち全員《ぜんいん》を乗《の》せると、自動車《じどうしゃ》は、もうスピードで走《はし》りだしました。

怪人《かいじん》二十面相《めんそう》の黒《くろ》い気球《ききゅう》は、しだいに高《たか》く遠《とお》ざかり、やみの大空《おおぞら》にとけていこうとするかのようです。

「にがすものか。今度《こんど》こそ、みんなで二十面相《めんそう》をつかまえよう！」

いさましい少年探偵団員《しょうねんたんていだんいん》たちの言葉《ことば》に、明智小五郎《あけちこごろう》と小林少年《こばやししょうねん》は、にっこりとうなずきあうのでした。

（「少年探偵団《しょうねんたんていだん》」おわり）

＊大捕《おおと》り物《もの》…犯罪者《はんざいしゃ》をとらえるため、大《おお》さわぎになったようす。

たそがれの街《まち》の向《む》こうに

文《ぶん》・芦辺《あしべ》 拓《たく》

探偵小説《たんていしょうせつ》のおもしろさは、わたしたちがふだんくらしているこの世界《せかい》に、とうていありえないようなことが起《お》き、でも決《けっ》して魔法《まほう》やふしぎな能力《のうりょく》のせいではなく、ふつうの人間《にんげん》がしたことだと、解《と》きあかされる点《てん》です。

つまり、魔法使《まほうつか》いでも神様《かみさま》でもないわたしたちにも、奇跡《きせき》のような出来事《できごと》は起《お》こせるし（悪《わる》いことだとこまりますが）、また「推理《すいり》」によって真相《しんそう》をいいあてることもできるのです。

世《よ》の中《なか》におもしろい物語《ものがたり》は山《やま》とありますが、探偵小説《たんていしょうせつ》が読《よ》む者《もの》にあたえてくれる楽《たの》しみ——「アッ、そういうことだったのか」とびっくりしたり、「そうか、だからこうなったんだな」「ここに、こんな手《て》がかりがかくれていたのか」となっとくしたりすることは、ほかではえられないものです。

江戸川乱歩《えどがわらんぽ》は、そんな探偵小説《たんていしょうせつ》のおもしろさに、とりつかれた作家《さっか》です。まだ日本に、そうした作品《さくひん》がほとんどなかった時代《じだい》から、外国《がいこく》の作品《さくひん》を読《よ》んだり研究《けんきゅう》したりし、とうとう自分《じぶん》でも書《か》きはじめました。

それが大正《たいしょう》十二年《ねん》（一九二三年《ねん》）の『二銭銅貨《せんどうか》』で、その二年後《ねんご》の「D坂《ディーざか》の殺《さつ》人事件《じんじけん》」で、おなじみの名探偵《めいたんてい》・明智小五郎《あけちこごろう》が登場《とうじょう》。以後《いご》、たくさんの作品《さくひん》で読《どく》者《しゃ》をこわがらせたり、ワクワクさせたりすることになります。

おもしろいのは、乱歩《らんぽ》がりくつやちえにもとづいて、なぞを解《と》く話《はなし》だけでなく、ふつうの人《ひと》のとても思《おも》いつかないような怪奇《かいき》と幻想《げんそう》の世界《せかい》をえがいていることで、むしろ、そちらのほうの乱歩《らんぽ》がすきだ、という人《ひと》も多《おお》いのです。

まったくちがう二《ふた》つの世界《せかい》が、ならびたつ。それもまた、探偵小説《たんていしょうせつ》というもののおもしろさかもしれません。

江戸川乱歩《えどがわらんぽ》は、子《こ》どもたちにも、探偵小説《たんていしょうせつ》をすきになってもらおうと、まず昭《しょう》和《わ》十一年《ねん》（一九三六年《ねん》）に『怪人《かいじん》二十面相《めんそう》』を書《か》きました。そのあと『少年探偵《しょうねんたんてい》団《だん》』『妖怪博士《ようかいはかせ》』とつづいたシリーズは、今《いま》も少年少女《しょうねんしょうじょ》に愛《あい》されていますし、みなさんのまわりの大人《おとな》たちにも、子《こ》どものころ愛読《あいどく》したという人《ひと》は多《おお》いことでしょう。

　この本《ほん》は、そのさいしょの二さつから、とくに少年探偵《しょうねんたんてい》たちの活《かつ》やくをえがいた部分《ぶぶん》をぬきだし、まとめなおしたものです。

　何《なに》しろ八十年《ねん》も昔《むかし》ですから、パソコンや携帯電話《けいたいでんわ》はもちろんありませんし、大《だい》都会東京《とかいとうきょう》の中《なか》にも、さびしい場所《ばしょ》がたくさんありました。そんな中《なか》での子《こ》どもたちの冒険《ぼうけん》は、きっと、めずらしく風《ふう》がわりに感《かん》じられることでしょう。

　でも、昼《ひる》と夜《よる》とが入《い》れかわる、たそがれどきになったら、外《そと》のけしきをながめてみてください。やみの中《なか》にのまれてゆく街《まち》なみは、意外《いがい》に今《いま》も昔《むかし》もかわらないもので、そのずっと向《む》こうで、小林少年《こばやししょうねん》や少年探偵団《しょうねんたんていだん》の仲間《なかま》たち、そして明智探《あけちたん》偵《てい》や二十面相《めんそう》のいる世界《せかい》と、つながっているのかもしれません。

日本の名作《めいさく》にふれてみませんか

監修 元梅花女子大学専任教授 加藤康子

人《ひと》は話《はなし》がすき

人《ひと》は話《はなし》がすきです。うれしかった、悲《かな》しかったなど、心《こころ》が動《うご》いたときに、その気持《きも》ちをだれかに話《はな》したくなりませんか。わくわくしている人《ひと》の話《はなし》を聞《き》きたくなりませんか。どの地域《ちいき》でも、どの時代《じだい》でも、人《ひと》は話《はなし》がすきです。文章《ぶんしょう》で書《か》き記《しる》し、多《おお》くの人々《ひとびと》が夢中《むちゅう》になって、受《う》けついできた話《はなし》が「名作《めいさく》」です。人々《ひとびと》の心《こころ》を動《うご》かしてきた日本の「名作《めいさく》」の物語《ものがたり》をあなたにおとどけします。

「名作《めいさく》」の力《ちから》

「名作《めいさく》」には内容《ないよう》にも言葉《ことば》にも力《ちから》があります。一人《ひとり》で読《よ》むと、想像《そうぞう》が広《ひろ》がり、物語《ものがたり》の世界《せかい》を体験《たいけん》したような思《おも》いがして、心《こころ》が動《うご》きます。

さらに、読《よ》む年《ねん》れいによって、いろいろな感想《かんそう》や意見《いけん》が生《う》まれます。小学生《しょうがくせい》のときにふしぎだったことが、経験《けいけん》をつんで大人《おとな》になるとなっとくでき、新《あたら》しい考《かんが》え方《かた》をすることがあります。「名作《めいさく》」の物語《ものがたり》の世界《せかい》は、読《よ》む人《ひと》の中《なか》で、広《ひろ》く深《ふか》く長《なが》く生《い》きつづけるのです。

「名作《めいさく》」は宝物《たからもの》

今《いま》、あなたは日本の「名作《めいさく》」と出会《であ》ったことでしょう。このシリーズでは、みなさんが楽《たの》しめるように、文章《ぶんしょう》やさし絵《え》などを工夫《くふう》しています。ページをめくって、作品《さくひん》にふれてみてください。

そして、年《とし》を重《かさ》ねてから読《よ》みかえしてみてください。できれば、原作《げんさく》の文章《ぶんしょう》や文字《もじ》づかいにも挑戦《ちょうせん》してください。この「名作《めいさく》」は、あなたの一生《いっしょう》の宝物《たからもの》です。

文 **芦辺　拓**（あしべ　たく）

1958年大阪市生まれ。同志社大学卒業。読売新聞記者を経て『殺人喜劇の13人』で第1回鮎川哲也賞受賞。主に本格ミステリーを執筆し『十三番目の陪審員』『グラン・ギニョール城』『紅楼夢の殺人』『奇譚を売る店』など著作多数。『ネオ少年探偵』シリーズ、『10歳までに読みたい世界名作12巻 怪盗アルセーヌ・ルパン』「10歳までに読みたい名作ミステリー 名探偵シャーロック・ホームズ」シリーズ（以上Gakken）など、ジュヴナイルやアンソロジー編纂・編訳も手がける。

絵 **ちーこ**

千葉県在住。イラストレーター、デザイナー。『ほしのこえ』『君の名は。』『世界を動かすことば 世界でいちばん貧しい大統領のスピーチ』（すべて角川つばさ文庫）などの挿絵を手がける。可愛いものとレトロなものが大好きなうさぎさん派。

監修 **加藤康子**（かとう　やすこ）

愛知県生まれ。東京学芸大学大学院（国語教育・古典文学専攻）修士課程修了。中学・高校の国語教員を経て、梅花女子大学で教員として近代以前の日本児童文学などを担当。その後、東海大学などで、日本近世文学を中心に授業を行う。

写真提供／毎日新聞社　国立国会図書館　地図イラスト／入澤宣幸

10歳までに読みたい日本名作7巻

少年探偵団
対決！　怪人二十面相

2017年11月7日　第1刷発行
2025年3月31日　第12刷発行

原作／江戸川乱歩
文／芦辺　拓
絵／ちーこ
監修／加藤康子

装幀・デザイン／石井真由美（It design）
本文デザイン／ダイアートプランニング
　　大場由紀　横山恵子
発行人／川畑　勝
編集人／高尾俊太郎
企画編集／岡澤あやこ　松山明代
編集協力／勝家順子　上埜真紀子
ＤＴＰ／株式会社アド・クレール
発行所／株式会社Gakken
〒141-8416 東京都品川区西五反田2-11-8
印刷所／株式会社広済堂ネクスト

VEGETABLE OIL INK
この本は環境負荷の少ない下記の方法で製作しました。
●製版フィルムを使用しないCTP方式で印刷しました。
●一部ベジタブルインキを使用しました。
●環境に配慮して作られた紙を使用しています。

この本に関する各種お問い合わせ先
●本の内容については、下記サイトのお問い合わせフォームよりお願いします。
https://www.corp-gakken.co.jp/contact/
●在庫については　Tel 03-6431-1197（販売部）
●不良品（落丁、乱丁）については　Tel 0570-000577
学研業務センター　〒354-0045　埼玉県入間郡三芳町上富279-1
●上記以外のお問い合わせは　Tel 0570-056-710（学研グループ総合案内）

NDC913　154P　21cm

学研グループの書籍・雑誌についての新刊情報・詳細情報は、
下記をご覧ください。
学研出版サイト　https://hon.gakken.jp/

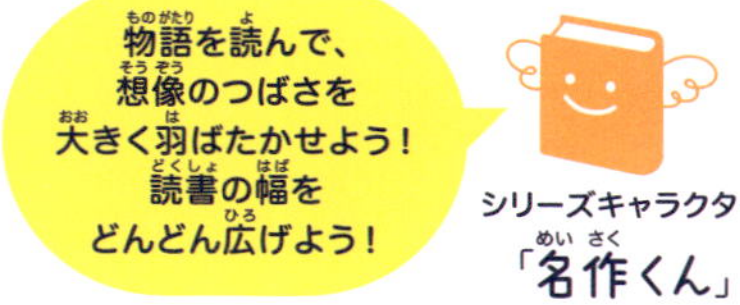

シリーズキャラクター
「名作《めいさく》くん」

また、あおう!